山下素童《しろどう》

彼女が僕としたセックスは動画の中と完全に同じだった

集英社

彼女が僕としたセックスは動画の中と完全に同じだった

自序

うら寂しくて依存してしまう街があるとすれば、それは新宿くらいではないだろうか。

２０２１年の年末。付き合っていた彼女との2年間の同棲に終止符を打ち、僕は新大久保駅から徒歩5分の、新宿区大久保のマンションに引っ越しをした。東急歌舞伎町タワーが窓から見える、新宿の繁華街まで歩いて10分もかからない場所だ。そんな地に引っ越しをした理由は、これまでの人生でなにかと新宿に縁があったからだった。

僕はシステムエンジニアとして正社員で働きながら、風俗店での体験談のエッセイを趣味でブログに書くような生活を送っていた。２０１８年11月。そのブログをまとめた『昼休み、またピンクサロンに走り出していた』という本を出版することになった。その本の出版をきっかけに、風俗嬢や風俗店の経営者の人たちとよく知り合うようになった。夜の世界で生きている人たちはみな新宿の近辺に住んでいて、飲んだり遊んだりする場所といえば決まって新宿だった。そうした縁があったからこそ、新宿に歩いていける新大久保を引っ越し先に選んだのだった。

新宿には、ホストクラブがあり、キャバクラがあり、風俗があり、路上には立ちんぼもいる。自分の心と身体をコンテンツ化し、互いのことを進んで消費し合うような種類の人たちが集まっている。それは、新宿という街で生きる人間の独特な感覚であると思う。

そんな新宿の繁華街の東の片隅に、それらの商売人とはどうも毛色の違う、しかし、やはり互いのことを進んで消費し合いながらお酒を飲む人たちが集う、小さな飲み屋街がある。新宿ゴールデン街だ。

ゴールデン街まで徒歩10分のところに引っ越したことを機に、以前に一度だけ仕事をしたことがあった、集英社の編集者である稲葉さんと、よくそこで飲むようになった。

2022年の年始に「月に吠える」という、ゴールデン街にあるプチ文壇バーに稲葉さんに連れて行ってもらったときのことだ。たまたま隣の席に座っていたボブカットの女性に「すごくタイプです」と声を掛けたら「えっ、抱いていい？」と言われ、翌々日にデートをしてもらうことになった。一言目から「えっ、抱いていい？」と言ってくるような、漫画や小説のキャラクターとして登場しそうな人が普通に飲み歩いているような街なのかと驚き、その瞬間にゴールデン街に魅了されてしまった。2年間の同棲を終えたばかりで心にも時間にもぽっかりと穴が空いていたこともあって、気づけば街灯の光に群がる蛾のように、深夜の暗闇に光を灯すその街に足繁く通うようになっていた。

「山下くん、ゴールデン街をテーマに、ウェブ連載でもやってみます？」

ハマってしまった僕が面白いネタになるとでも思ったのか、春先に一緒に飲んでいるときに、稲葉さんがそんな提案をしてきた。それが、この本の始まりだった。

ウェブ連載ですか？　いいですね。年始に一緒に飲んだとき、「抱いていい？」って僕のことをデートに誘ってきた女性がいたじゃないですか。連載をやるならその人とのデートの話を一発目に書けますよ。それ以降は何が書けるかわからないですけど、面白い人がいっぱい飲んでる街だからネタには困らない気がします。連載、やってみましょうよ――

そんなこんなで、２０２２年の９月から、集英社の「よみタイ」というウェブサイト上で連載をはじめることになった。ゴールデン街というと、文化的で歴史のある飲み屋街というイメージがあるが、そういった先行世代の創ってきたイメージとは異なる、客層が若返っている〝今〟のゴールデン街を描こう、という思いを込めて『シン・ゴールデン街物語』というタイトルで進めることになった。

それからは週３～４日、多い時には週７日、ゴールデン街でお酒を飲むようになり、ボブカットの女性との衝撃的な出会いのあった「月に吠える」というプチ文壇バーでネタ集めのために週１で店番として働きながら、連載の文章を書く日々を過ごした。気づけば本業のシステムエンジニアも辞めてしまって、仕事場も飲みの場もゴールデン街一色の生活になった。自分の心と身体をコンテンツ化してしまう、新宿という街の磁場に僕も飲みこまれてしまったようだった。

この本は、そのようにして進められた連載『シン・ゴールデン街物語』に掲載された三篇の文章と、単行本用の書き下ろしの私小説一篇をまとめたものだ。

それにしてもゴールデン街は不思議な飲み屋街だ。2000坪ほどの狭い土地に密集する約300店舗の木造長屋のお店は、大してお酒が安いわけでもなければ、特別に美味しいお酒が置いてあるわけでもない。

そこに何があるのかと言えば、誰もが否応なくその場の主人公になってしまうカウンター数席ほどの狭い空間と、下世話なことまで含めて互いのことをコンテンツのように消費し合いながらお酒を飲む、人と人との絶妙な距離感だ。

舞台上と観客席のちょうど間のような、あるいは、舞台上と観客席を各々が一晩で何度も往復してしまうような、他の場所ではあまり感じることのできない独特な空気感がゴールデン街にはある。

この本に掲載されている4つの物語は、そんな特殊な空間で僕が実際に経験した出来事を描いたものだ。文章内に出てくる登場人物には、それぞれモデルとなった人がいる。すべて、僕がゴールデン街で出会った人たちだ。風俗遊びしかしていなかった僕のような人間が、ゴールデン街という特殊な飲み屋街に繰り出して経験した物語を、面白おかしく読んでいただけたら幸いだ。

目次

ブックデザイン　三瓶可南子
撮影　石黒幸誠（go relax E more）
スタイリスト　西辻未絵（DearWorld）

一言目で「抱いていい？」は人生で初めてのことだった

金曜日の深夜。出版社で編集者として働く稲葉さんに連れられて、ゴールデン街にあるプチ文壇バー「月に吠える」で飲んでいた。気づけば時刻は26時を回っていたが、店は客の酔っぱらった声で賑わっていた。

「月に吠える」の店内は、カウンターの上や側壁に設置された本棚に、人文系を中心としたたくさんの本が並べられている。だからといって客がいつも本の話をしているわけではないのだが、言葉を使ってものを考える人が集まりやすいからか、店内は意味のないノリというよりも、情報量はあるがどうでもいい会話で賑わっていた。酒を飲んで中身のないコミュニケーションをするときですら、ノリよりもなんらかの意味や情報を求めてしまうのが言葉でものを考える人間の性である。

稲葉さんはゴールデン街に何年も通っていたからか、他の客との絡みも慣れたもので、隣り合わせた初対面の客とも「お疲れ様です。この店よく来るんですか?」などと挨拶するところから会話を広げていた。ゴールデン街で飲みはじめたばかりの僕はそういったことには不慣れだった。ゴールデン街で飲んでいる人特有の、コミュニケーションが得意というわけではないのに初めて会った人と平気で会話できる感覚が、よくわからなかった。

稲葉さんが隣の客と喋りはじめて手持ち無沙汰になったので、なんとなしに店内を見回して時間を潰すことにした。カウンターの上に並ぶ本の背表紙を一通り眺めて、今度は左の側壁に設置された本棚の方を見ようとすると、一つ空席を挟んで左隣に座っていたボブカットの女性が、右脇を開けるように肘を上げて紙タバコを吸いながら、つまらなそうな表情をして半身をこちらに向けてる姿が視界に飛び込んできた。

「すごくタイプです」

その女性の大きな末広二重の目を見て、つい、そんなことを口にしてしまった。普段なら、酔っていたとしても初対面の相手にこんなことを言うことはないのに。まるで実家にいるみたいに自然体でいる彼女の姿を見て気が緩んでしまったのか、「すごくタイプです」なんてことを率直に口にしてしまっていた。

「えっ、抱いていい?」

その女性からの返事は想像を遥かに超えていた。一言目で「抱いていい?」と言われたのは、人生で初めてのことだった。思わず「え、本当に抱いてくれるんですか」と聞き返すと、「逆にいいの?」と、目を見開いてわざとらしく口を窄《すぼ》めながら言ってきた。

「彼は作家なんで、大切にしてくださいよ」

別の客と会話していたはずの稲葉さんが急に合いの手を入れてきた。「抱いていい?」

と女性に言ってもらえる以上に他人に大切にされる方法なんてこの世にそうそうないのだから、いったい何を言っているのだろうと思ったが、こんな風に作家として紹介されることにもだんだんと慣れてきた。

　作家と言っても、3年前に偶然にも性風俗の体験談のブログを本にまとめてもらっただけで、作家業で金を稼ごうという野心は持てず、サラリーマンの傍ら、趣味で細々とブログを不定期に更新しているだけである。だから、作家として他人に紹介をされると、自分には手の届かない何かに当てはめられているような居心地の悪さを感じてしまう。

　ただ、殊《こと》ゴールデン街においては、そういった卑下した態度こそ不要なものだということも少しずつわかってきた。「物書きをしています」と言って、カクヨムに書いた3000字ほどの小説を、URLの共有方法がわからないからと、テキストを全文コピペしてLINEで送りつけてくる人や、「俺の本を読め」と自費出版した2000円近くする本のAmazonページを紋所のように振りかざしてくる人に遭遇したことがある。そんな街なのだから、過剰に自己卑下してしまう方がむしろ不自然なのだ。

「作家なの？」

「作家と言っても、性風俗の話ばかり書いてる汚れですよ」

「そうなんだ。やっぱ本が好きなの？」

「そうですね、暇なときは読書くらいしかすることがないです」

「私、ぜんぜん本を読まないけど、それでも大丈夫？」

「抱いていい？」と言ってくれた人に対しては、読書をしていようがいまいが全肯定になってしまうに決まっていた。

「本なんて読まなくても、ぜんぜん大丈夫ですよ」

「じゃあ、今度デートしよう。二日後の夜にゴールデン街ね」

ＬＩＮＥの友達追加のＱＲコードを提示してくれたので、スマホのカメラで読み取らせてもらった。表示されたアカウントの名前を見ると、fueko と表示されていた。

「ふえこさん、でいいですか」

「うん。本当に私とデートしたいと思ったら、後でＬＩＮＥ送ってね」

タバコを一息吸ってから念を押すように言うふえこさんに、「はい、連絡しますね」と返事をして、お店をあとにした。

◇

「本当に飲んでくれますか？」

次の日の夜、ＬＩＮＥを送ってみた。

「もちろん！　ただ、０時過ぎになる！」

「了解です。ではまた明日、飲める時間わかったら連絡ください」

翌日の日曜の深夜。23時ころから外出をする準備をして連絡を待っていると、23時57分にＬＩＮＥの通知音が鳴り響いた。

「起きてますか？？　ゴールデン街に向かってるから、これたら!!来て!!」

雑なＬＩＮＥが飛んできた。新大久保にある家から、ゴールデン街へ歩いて向かった。歩いている途中、またふえこさんからのＬＩＮＥ通知が鳴った。金曜日に会った「月に吠える」の隣のお店に入った、とのことだった。

ゴールデン街に着いてみると、まず「月に吠える」がどこにあるのか自分がよくわかっていないことに気がついた。ゴールデン街は、２０００坪ほどの広さの土地に、約３００の店舗が存在している。25メートルプールの中に15の店舗が敷き詰められているくらい高密度に密集している約３００の店舗は、東西に延びる6本の路地で区切られてるのだが、どの路地にも室外機を剥き出しにした二階建ての木造長屋が似たように並んでいるから、どの店がどの路地にあるのか判別がつきにくい。

それに、ゴールデン街に来るときはいつも酔っ払っていて記憶も方向感覚も曖昧になっているから、友人に連れられて何度か足を運んだだけの店の正確な場所なんてわかるはずもなかった。あみだくじのように新しい道にぶつかっては曲がるのを繰り返しながら、視界に次々と飛び込んでくる煌々と光る看板の文字を読み取りながら歩いてゆくと、南から数えて二番目の路地であるG2通りの路上に、白く光った「月に吠える」の看板が佇んでいるのを見つけることができた。その隣のお店の中を覗いてみると、グラスを片手に壁際に立っているボブカットの女性の横顔が見えた。

「ふえこさん、こんばんは。覚えてますか」

店に入ると、カウンター席は人で埋まっていた。30歳前後の女性が四人と、その女性たちの間に挟まれるように、これまた30歳前後の男性が一人座っていた。満席のカウンターの後ろで立ちながらお酒を飲んでいるふえこさんの横に並ぶと、

「今日、私この人とデートするの！」

ふえこさんがカウンターの中にいるハットを被ったお兄さんに向かって叫ぶように言った。その言葉に引っ張られるように、カウンター席に座る女性たちの首が僕の方を向いた。

「優しそうな人だね」

イケメンでもなく、初対面から何か突っ込めるほどの愛嬌を醸しだせるわけでもない僕に当たり障りのない定型句が投げかけられると、カウンターに座っている人たちの首の向きは元に戻り、それまでしていた会話の方へ声が帰っていった。どうやらカウンター席に座る女性の一人が、婚約相手の男性を連れてきて店番のお兄さんに紹介しているようだった。

「私にしてはいい男をゲットしたと思わない？　今度親に挨拶しに行くんだけど、ゴール

デン街で出会ったなんて、ぜったい親に言えないよ」

「うん。言えない、言えない」と、周りの女性も頷きながら少し自虐気味に笑っていた。

店番のお兄さんにハイボールを注文して受け取り、隣のふえこさんに目をやると、左手にステンレスの灰皿を持って右手で紙タバコを吸いながら店内の会話に耳を傾け、時おり口角を綺麗に上げてニヤニヤと笑っていた。

僕がグラスを持ったことに気がつくと、ふえこさんは左手の灰皿に吸いかけのタバコを置き、目の前のカウンター席に座っている人の頭の横から腕を伸ばしてカウンターに置いてあったグラスを掴むと、乾杯をしてくれた。それからお酒を一口だけ飲むと、またカウンターに腕を伸ばしてグラスを置き、左手の灰皿に置いていたタバコを吸いはじめた。

その一連の動きがなんとも不便そうだった。僕はタバコを吸わないから、僕がお酒と灰皿を持ち、ふえこさんがタバコとお酒を持てば、ふえこさんがタバコを吸いながらお酒を飲むことができるのではないかと思い、「灰皿を持ちましょうか」と聞くと、「いいいっ」と断られた。それから、

「君は灰皿は好きかい？」

と、唐突に言ってきた。その声は、ちょうど会話が途切れていた店内に響き渡った。

「ふえこ、中学生の英語の教科書みたいな会話するなよ」

店番のお兄さんが淡々とした声で速やかにツッコミを入れると、わっ、と店内に笑いが

起こった。

「これはペンですか？　それはペンです。みたいなやつね」

　カウンター席に座る女性の一人が補足するように言葉を繋げると、他の女性の口からも次々に言葉が連なってきた。

「ドゥー　ユー　ライク　ハイザラ？　あなたは灰皿好きですか」

「えー、ふえこちゃん、ライクじゃなくてラブじゃないの？　灰皿ラブでしょ？」

「ドゥー　ユー　ラブ　ハイザラ？」

「ラブ！　灰皿ラブぅ！」ふえこさんが宙に向かって叫ぶと、また店内に、わっ、と大きな笑いが起こった。知り合い同士の毛づくろいのような会話に、新参者の自分は入る隙がなかったが、婚約者として紹介されていた男性もニコニコしながら黙って聞いているだけだったので、会話に入らなくてもよいのだと変に安心した。

　ハイボールを一杯飲み終わったところで「店を出よう」とふえこさんが言ってくれたので、会計を一緒にして支払った。

「うわぁー、奢ってもらうの？　本当にデートじゃん。さすがだなぁ、ふえこ」

　お釣りを用意しながら店番のお兄さんが言うと、

「私があとでホテル代を払うからさっ！」

　捨て台詞のように言葉を吐きながら、ふえこさんが先に店を出ていった。

「三丁目の方に行こうよ。行ったことないお店に行きたい」

店を出るとすぐに、ふえこさんがそう言ってくれた。行ったことないところに行きたいという感情は、デートをしたいときの定番の一つの感情であるから、ちゃんとデートをしようとしてくれているのだと思うと嬉しかった。ふえこさんは仕事帰りだったらしく、ランドセルのようにパンパンに膨らんだリュックを背負いながら、大きめの手提げ鞄まで持っていた。「手提げ鞄だけでも持ちましょうか」と聞くと、「いいっ」と断られた。

ゴールデン街を抜け出して、新宿三丁目の方に歩きはじめた。「たぶんこっち」とふえこさんが言う方に向かって歩いていると、途中でどこが新宿三丁目なのかわからなくなった。グーグルマップを開いて現在地の青い光が差す方角を新宿三丁目の方に向けると、目の前にある車道の向こう側が新宿三丁目のようだった。

横断歩道が少し離れたところにあったから、車道を突っ切ることにした。車が来ないことを確認して中央分離帯まで一気に走ると、支柱の間に二本のパイプを渡したガードパイプが目の前に立ちはだかった。上のパイプは乗り越えるには面倒な高さであるし、上下二本のパイプの間はくぐるには面倒な狭さだった。

「なんでこんな不便なものがあるんだろうね」

「私たちみたいな酔っ払いが突っ切ろうとするからだよ」

ふえこさんは笑いながら手提げ鞄とリュックをガードパイプの向こう側にぶん投げ、プロレスラーがリングの中に入るように二本のパイプの間に体をくぐらせて中央分離帯の向こう側に出た。僕は上のパイプに足を掛けて飛び越えることにした。腰を折ってリュックと鞄を拾うふえこさんを待ち、向こう側の歩道まで一緒に走ったところで再びグーグルマップを見ると、現在地の青い光がまた新宿三丁目とは逆側にいることに気がついた。地図をよく見ると、さっきまでいた場所が新宿三丁目だった。

原因がなんなのかわからないが、僕のグーグルマップの地図は前々から間違った現在地を指し示す。お酒を飲んで頭が混濁していたから、誤ったグーグルマップの現在地が正しいと思いこんでしまっていた。

「すいません、逆でした」

せっかく苦労してパイプの間をくぐってもらったのに申し訳ないと思って謝ると、

「やばい、やばい」

ふえこさんはお酒を飲んでいるときと同じように口角を綺麗に上げてニヤニヤ笑いながら前を向いているだけだった。もう一度ガードパイプを突破する体力は残っていなかったから、今度はおとなしく歩道のところを渡って元いた方向に戻り、新宿三丁目に向かった。

コロナ禍の深夜の新宿三丁目は真っ暗で、人通りもほとんどなく静寂に包まれていた。

唯一営業していた橙色の明かりを灯した大衆居酒屋がオアシスのように存在していた。ふえこさんと特に示し合わせることもなく、吸い込まれるようにその店に入った。

入口近くのテーブル席に座って、お酒とおつまみを頼んだ。ふえこさんはレモンサワーを、僕はオリジナルゆずサワーというものを頼んだ。おつまみは全てふえこさんに頼んでもらった。ポテトサラダ、ゲソの唐揚げ、まいたけバター。他人が選んだものを食べるのは、一人でご飯を食べるときにはできないことだから嬉しい。

「じゃあ、デートに乾杯」

オリジナルゆずサワーを体に流し込むと、驚くほどにゆずの味が薄く、炭酸水と焼酎の味しかしなかった。「オリジナル」とわざわざ名前についているからには特別に美味しいものに違いない、と思い込んでしまっていたから、なんだか騙されたような気持ちになった。しかしよくよく考えてみれば「オリジナル」には味が強いという意味もなければ、他のサワーより美味しいという意味もない。味が薄くたって、美味しくなくたって、なにも間違いはないのだ。

個性的であるというだけでそれが良いものであるに違いないと信じてしまう、ゆとり教育で体に植えつけられてしまった感性が、もうすぐ30歳になるというのに一向に治る気配がない。

「ねぇ、テレビとか見るの？」

お酒を一口飲んだあと、おつまみを小皿に取りながらふえこさんが聞いてきた。

「テレビ持ってないです。テレビ見ます？」

「私は、ラヴィットと水曜日のダウンタウンだけ見てる。毎朝、仕事行く前にラヴィット見るのが生きがいなの」

「あ、僕もParaviで水曜日のダウンタウンだけ見てます。芸人に操られたあのちゃんがラヴィットで大喜利するドッキリ、面白かったですよね」

「面白かった。私あれ、ラヴィットでリアルタイムで見てたからね」

ポテトサラダはジャガイモの味が薄かった。大衆居酒屋のポテトサラダは胡椒さえかけてくれればそれだけでよいのに胡椒もかかっておらず、玉ねぎときゅうりに付着した、やけに多い水気が味の薄さに拍車をかけていた。味がしないから、言い訳のようにポテトサラダの皿の隅に盛られていたマヨネーズをつけて食べた。

「SNSは何やってるの？」

「Twitterだけです。ふえこさんは？」

「私はね、最近TikTok見るのにハマってる。高校生の男の子とかが投稿してる動画を見ると、すごい可愛いの」

「年下の子が好きなんですか？」

「うん。好き。あっ、でも、小室圭も好き。小室圭と眞子様みたいな恋愛がしたい」

ゲソの唐揚げは驚くほど真っ白だった。下味をつけていない真っ白なイカを、申しわけ程度の衣が包んでおり、歯ごたえのある無を食べさせられているようだった。味がしないから、言い訳のようにゲソの唐揚げの皿の隅に盛られていたマヨネーズをつけて食べた。

「ふえこさんTwitterはやってないんですか？」

「やってるよ。Twitterはね、嘘か本当かわからないことを呟いてる」

「へぇ、嘘を書いてもバレないんですか」

「完全な嘘を書くわけじゃないからね。本当のことの中に、スパイスのように少しだけ嘘を混ぜるのがコツなの」

まいたけバターだけは味がした。まいたけ自体の旨味は感じられなかったけど、醤油とバターの味が濃くて助かった。まいたけバターの皿の隅に盛られていたマヨネーズをつけると味がぶつかりすぎるので、マヨネーズはいらなかった。

「君、Twitterのフォロワー多そうだよね」

ピストルの形に開いた親指と人差し指で顎をはさみながら、まるでTwitterのフォロワーが見えるスカウターでも装着しているみたいにふえこさんが上目遣いで言ってきた。

「Twitterのアカウント教えてくださいよ」

「待って！　もっと仲良くなってからね」

この日に聞いたなかで一番力強い声で拒絶されてしまった。

「タバコ吸ってきていい？」

ふえこさんが店の外に設置された灰皿のところにタバコを吸いに行った。一分ほどの短い時間で帰ってきた。

「風俗の文章を書いてるんだっけ？　なんでそんな文章を書いてるの？」

一服してきたふえこさんが席に座ると、改まって質問をしてきた。そんなことをちゃんと覚えてくれているのだな、と少し嬉しく思った。初めは何か衝動のようなものがあってインターネットに文章を投下していたが、今となっては自分の文章を読んでくれてる人とばかり会うようになり、文章を通さずに他人と繋がる方法がよくわからなくなっているからだった。

「今となっては、それだけが他人と繋がる手段だからです」

「私も同じ。お酒を飲まないと、他人と繋がれないから」

子どものように頬を丸くして顔いっぱいに笑顔を浮かべたふえこさんと、改めて「かんぱーいっ！」とグラスを突き合わせた。

「鶏の唐揚げ頼もうかな」

おつまみの皿がすべて空いたところで、ふえこさんが呟くように言った。

「味しないものが多かったから、今度はちゃんと味がするものがいいね。今のところ、まいたけバターしか味がしてないから」

「後ろ見て。鶏の唐揚げ食べてる」

ふえこさんが視線を向けた方向を振り返って見ると、黒のライダースジャケットに紺色のジーンズ姿の細身のおじさんが、白い丸皿に置かれた鶏の唐揚げにちょうど箸を付けたところだった。箸で半分に切った唐揚げを口元に運ぼうとしたとき、皿に残されたもう半分の唐揚げがコロンッとひっくり返り、衣のついていない断面の部分がこちらを向いた。衣の中は、お皿と同じくらいに真っ白い鶏肉だった。思わずふえこさんの方に目をやると、

「やばい、やばい。あれ、ぜったい味しない」

グラスに口を付けながら笑っていた。


「ゴールデン街に戻る」

結局、おつまみを追加で頼むことはしないまま1時間くらい飲んだところで、重くなってきた瞼をパチパチしながらふえこさんが言った。この日は初めて会った「月に吠える」というプチ文壇バーで店番の中澤雄介くんという男の子がイベントをやってるらしく、そこに行きたいとのことだった。お店を出て、ゴールデン街の方に向かった。

「本が好きなんだっけ？『Deep Love アユの物語』っていうの小学生のときに読んだけど、今まで読んだ中でそれが一番おもしろかったよ」

ゴールデン街に向かって歩いてる途中、何の前触れもなく本の紹介をされた。全くこっ

ちの話なんて聞いていないようにも見えるのに、初めて会った日に交わした少しの会話のことを不思議なリズムで思い出す人だ。こんな風に、他人から好きな本を教えてもらえるのはありがたい。どうしてこの人はその本が好きなのだろう、どうしてこの人の中にその本が長く記憶に残っているのだろう、と想像しながら読書をすると、この本は読まなくてよかったな、と思うことは一切なくなってしまうからだ。

ゴールデン街に向かって歩きながらスマホでAmazonのアプリを開き、『Deep Love 第一部 アユの物語』を購入した。

「月に吠える」に到着すると、8席あるカウンター席がすべて埋まっていた。

「おう、ふえこ。二人？　席空けるよ」

カウンターの真ん中あたりに座っていた男性二人が席を空けて立ってくれた。カウンター席に座っている人たちの背中と後ろの壁の間の狭い道を通って、空けてもらった席に座った。カウンターの中を見ると、お酒の置かれたラックの目立つところに「中澤雄介リストラ記念」というフライヤーが掲示されていた。店番の中澤雄介くんが編集プロダクションをリストラされてフリーランスになったということで、その記念イベントが行われているようだった。

カウンターの中に立つ中澤雄介くんは、小太りで、海藻のような髪が肩まで伸び、目深に被った黒いキャップの下から女性器を水平にしたような横長の目を覗かせる、奇妙な男だった。

「今日、私この人とデートしてきたの！」

ふえこさんが席に座るや否や、またカウンターの中に向かって叫ぶように言った。

「へぇ、よかったじゃん」

「ふえこと二人って、何しゃべるんだろう」

ふえこさんの叫びを聞いて、カウンター席に座る男の人たちがポツポツと呟いた。その反応からするに、ふえこさんも含め、みな顔なじみの常連のようだった。ふいに、右隣の席でマルクスの資本論がなんたらと話をしていた男性が僕の肩のところに顔を埋めてきて、

「お兄さん、無印良品の匂いがしますね」と言ってきた。

この店の常連である自分のような男と、女のデート相手になるような新参者の男は違うんだ、という差別化のニュアンスが「お兄さん、無印良品の匂いがしますね」という言葉に込められているように聞こえた。幸か不幸か、僕は本当に無印良品の服を着ていたので、

「よくわかりましたね。無印良品の服を着てるんですよ」

と返すと、やはりそういう返答は求められていなかったようで、黙って目線を逸らされてしまった。

絡まれるのが落ち着いたところで、お酒を頼むことにした。ふえこさんはウーロンハイ

を頼み、僕は「印税生活」というオリジナルカクテルを頼んだ。店番の中澤雄介くんがシェイカーの中にいくつかのお酒を混ぜ、肩まで伸びた髪とむちむちした体全体を揺らしながらシェイカーを振りはじめた。シェイクしている間、中澤雄介くんがプルプル震える顔をこちらに真っすぐ向けてくるものだから目のやり場に困った。振られているシェイカーの方に視線を合わせると、突然シェイカーが中澤雄介くんの手から滑って吹っとび、ガシャンッ、と大きな金属音が店内に鳴り響いた。

「ごめんごめん、もう一回作り直すわ」

まるで自分の失敗を寿《ことほ》ぐように満面の笑みで中澤雄介くんがそう言うと、再びシェイカーの中にいくつかのお酒を混ぜ、さっきと同じように肩まで伸びた髪とむちむちした体全体を揺らしながら、プルプル震える顔をなぜかまたこちらに向けてシェイカーを振りはじめた。しばらくして振り終わると、カクテルグラスに黄濁したカクテルを注いでくれた。

「印税がないじゃん。中澤、印税がないぞ」

ふえこさんが僕の前に置かれたカクテルグラスを覗いてなにやら指摘をしてくれると、中澤雄介くんが「忘れてた！」とカクテルに金粉を振りかけてくれた。最後に振りかける金粉のことを、「印税」と呼んでいるカクテルのようだった。

「はーい、じゃあ、ゲーム始めるよ。グラスをテーブルに置くときに2回トントンッとしなかったらアウト。あと、英語を使ったらアウト。罰ゲームは一気飲みね。いい？　始めるよ？　よーい、スタート」

お酒の提供が終わった中澤雄介くんが、今度はやけに真剣な顔で仕切りだし、なにやらゲームが始まった。その簡単なルール説明を聞いただけで店内の客はみな何一つ疑問のないような顔をしていたから、常連客には馴染みのあるゲームのようだった。

自分は絶対に罰ゲームにならないようにしなければ、と思った。イベントの日の常連客ばかりの状況で、新参者が罰ゲームになることほど白けることもないからだ。

「あ、ふえこ普通に置いた！」

ゲームが始まってすぐ、ふえこさんがグラスを普通にカウンターの上に置き、中澤雄介くんに即座に指摘された。

「うるせぇなぁ」

それまで聞いたことのない悪声をふえこさんが発した。

「おい、ふえこ、アウトだぞ」

またどこからか男の声がした。僕はその「アウト」という英単語を聞き逃さなかった。

「あっ、お兄さん。いま英語を口にしましたね」

声のした方に向かって指摘すると、30半ばくらいの男と目が合った。その男もまた一瞬僕の目を見ると、何も言葉を発することなく目を逸らした。一瞬だけ合った目は、お前は一体何を言っているんだ、と訴えかけているように見えた。僕はゲームのルールに忠実に従ったつもりだったが、もしかしたらなにか間違ったことを言ったのかもしれない、と思って周囲を見渡すと、お酒を口にした人はみなグラスを普通にカウンターに置くようになっていた。

ゲームが始まって誰か一人がアウトになったら、そこでゲームは終了のようだった。そんなルール、僕は聞かされていなかった。ひどい仕打ちだと思った。心細くなって助けを求めるようにふえこさんの方に目をやった。こんな常連だらけの場に僕を投げ込んだ張本人がふえこさんだったが、この場で僕が頼ることができるのもふえこさんしかいなかった。しかし、いつの間にかふえこさんはグラスを握りしめたまま下を向いて寝てしまっていた。

唯一の知り合いがいなくなってしまった僕は、カウンターに並べられている文庫本をなんとなく眺めた。永沢光雄の『声をなくして』という本が目についた。イベントの日に常連客に囲まれて全く馴染めずに喋れない今の自分の境遇にお似合いのタイトルだと思った。本を開いて文字を追っても、酔っぱらってるから何も意味が頭に入ってこなかったが、その本を読んでる振りをすることで孤独な時間をやり過ごすことができた。

「始発の時間になったから帰るわ」

店の中の誰かが呟くように言った。開けっぱなしのドアの外を見ると、アスファルトの路地が朝日に照らされていた。

「えっ、もう始発?」

「そんな時間か」

店内にいた十人近くの人がみな帰り支度をしはじめた。その喧騒に起こされるようにふえこさんもやっと頭を上げ、「帰る」と一言だけ口にして会計をすると席を立った。ふえこさんのことを追いかけるように僕も会計をしてお店を出ると、

「あれ、俺が来たらみんな帰っちゃったよ」

ちょうど店内にいた全員が店を出るタイミングで入店してきた50歳くらいのおじさんが、まるで自分のせいでみなが帰ってしまったと言わんばかりの切ない表情で店の入口のところで嘆いていた。そのおじさんの声に耳を傾ける人は誰ひとりおらず、駅の方に向かってみな散り散りに帰っていった。

ふえこさんのことを駅まで送っていこうかと思ったが、何かしようとする度に「いいっ」と断られてきたからその必要もないのかもしれない、と迷いながら、石畳の四季の路を駅の方に向かって歩くふえこさんの少し後ろを歩いた。

しばらく歩くと、ふえこさんが後をついてくる野良犬をシッシッとやるように、斜め後ろに伸ばした手を僕の方に振りながら「ありがと。またね」と言ってきた。こちらが返事をするよりも早くふえこさんの顔は前を向き、そのまま早歩きで駅の方へ去っていった。重たい荷物を背負って丸くなったふえこさんの背中が小さくなってゆくのをしばらく眺め

てから、別の道で家に帰ることにした。

◇

数日後。ポストを覗くと『Deep Love 第一部 アユの物語』が届いていた。本の表紙には見覚えがあった。中学生のころ、ケータイ小説の『恋空』が映画化されたとき、地元のTSUTAYAが入口すぐ近くのところで大々的にケータイ小説コーナーを開設し、そこに古典のように置かれていたのが『Deep Love 第一部 アユの物語』だった。

主人公は、どこか陰のある17歳の女子高生アユ。ハゲあがったオヤジとの生々しい援助交際シーンから始まるこの本は、薬物、痴漢、戦争のトラウマ、窃盗、自殺、いじめ、虐待、レイプ、傷害、大病、死、が次々と発生する物語を、たった百数十ページで駆け抜けてゆく。最初はそうした悲劇的な出来事の連続に目を奪われてしまうが、読み進めてゆくと、アユが純粋な愛を求めてゆく様が物語の骨子になっていることに気づく。

主人公のアユは、信頼できる大人も友達もおらず、援助交際に明け暮れていた。ある日、ヤリ友のアパートに向かう途中の路上で、掃除をしている見知らぬおばあちゃんに優しく声をかけられ、それが縁となってそのおばあちゃんの家に通うほど仲良くなる。

しかし、おばあちゃんは物語の中盤で亡くなってしまう。そのおばあちゃんの葬式で、アユは15歳の男の子に出会う。昔おばあちゃんが公園で見つけた捨て子の義之という男の子で、義之はおばあちゃんの遺影の前で涙を流すのだが、その義之の涙があまりにも綺麗で、アユは義之に惹かれることになった。

義之は生まれつき心臓に病を持っていて、毎日1時間だけ外出を許されている。普段は家から出られず肌は真っ白で、学校に通ったこともなく、世の中のことを全く知らない。アユは汚れを知らない義之の純粋な部分に惹かれて、義之の家の近くの公園に通い、なんてことない会話をしたり、義之が好きな青空を一緒に見上げながら、1時間だけ穏やかな時間を過ごす。義之と時間を過ごすことを繰り返すうちに、アユは次第に義之のことを喜ばせてあげたい、という気持ちでいっぱいになってゆく。

ある日、「なにか欲しいものない?」とアユが質問をすると、「沖縄の空と海が見たい!」と義之は返す。アユは航空券と車椅子を手配して、義之のことを沖縄に連れていく。沖縄に着いたらすぐにビーチに向かい、青く透き通った美しい海と、その向こうに広がる大きな空を義之と一緒に眺める。自然の圧倒的な力を前に言葉が出なくなり、義之は涙を流す。そんな義之の顔を見て、愛する人の喜ぶ顔を見ると自分まで幸せな気持ちになるということに、アユは初めて気づく。が、涙を流した義之がふとアユの手を握ろうとしたとき、「私、汚いから」とアユは反射的に手を振り払ってしまう。それでも義之は「アユは誰よりもきれいだよ」とアユの手を握り直す。アユは胸がいっぱいになると同時に、汚い自分のことを洗いざらい話さなければ、と葛藤することになる。

その日の夜。ホテルの部屋の中でアユは自分のしてきたことを義之に打ち明けた。ヤリ友のこと。オヤジたちに体をオモチャのように遊ばせたこと。それでお金をもらったこと。だから自分は綺麗な義之に触れる価値がない、ということ。言えば軽蔑されるかもしれないが、自分を隠したまま義之に愛される方がアユには辛いことだった。義之は涙を流しながらも優しく笑っていて、「汚れてなんかない」と一言だけ口にすると、アユの手をそっと握る。義之の手が温かくアユのことを包み、アユは救われたような気持ちになる。二人は手を繋いだまま、一つのベッドの上で眠りについた。


『Deep Love 第一部 アユの物語』の山場の一つである、アユと義之が手を繋いで一緒にベッドで眠りにつくシーンを読んで、それが純粋で美しいものであると思うと同時に、どこか古傷を抉《えぐ》られるような気持ちになってしまっている自分がいた。僕も、大学生の頃に似たような経験をしたことがあることを思い出したからだった。

大学三年生のころ。所属していたゼミの教授が、研究室を24時間開放して自由に使わせてくれる人だった。その教授はイタリアの思想家のアントニオ・グラムシが好きで、「ヘゲモニー闘争の一環として、昨今の教授と学生の分断を推進する体制への対抗戦術で研究室の24時間開放をする！」と息巻いているような自称左翼の人だった。僕はそんな教授の信念はよくわからなかったけど、日常的に研究室を我が物のように使わせてもらっていた。

ある日。大学の講義が終わったあと、気になっていた同じ学年の女性とＬＩＮＥで連絡を取り合っていた。その女性も講義が終わって大学構内で暇してるというので、「研究室にいるけど来る？」と誘って、研究室の冷蔵庫に置いてあった缶のお酒を一緒に飲んで時間を過ごした。

お酒を飲みはじめてすぐ、「ねぇ〜、聞いてよ」という枕詞から、このまえ興味のない男の子に告白をされて断るのが大変だったとか、自分はバイセクシャルではないのに女の子の友達にいきなりキスをされて、その女の子から今度海に行こうと誘われていて困っているだとか、笑いを交えながらそんな話をしてくれた。

「そうなんだ、大変だね」と相槌を打ちながら聞いていると、二缶目のお酒に差し掛かったところで、「内緒にしてほしいんだけど」と切り出した彼女の口から、池袋のＪＫリフレで働いているということを打ち明けられた。それから彼女は自分の中で何かが決壊したかのように、こちらの相槌とは無関係なリズムで話を続け、この前おじさんとカラオケに行ってパンツを一瞬だけ見せたら５０００円を貰えたということ、おじさんは気持ちが悪い人ばかりだということ、たぶん自分は性嫌悪だからＪＫリフレのようなことをしている方が性に合うということ、そもそもセックスを気持ちよいと思ったことがないということ、子どもの頃に家族から性被害に遭っていたことがその原因かもしれないということを、次々と話してきた。

「私っておかしいよね？」

度々そう聞いてくる彼女に、「別におかしくはないと思うけど」と、彼女の性格を否定しないよう気をつけながら話を聞いていたら、いつの間にか夜の1時を過ぎていた。彼女は疲れたように、首を折ってパイプ椅子の上で寝てしまった。彼女が寝てしばらくしたあと、僕も気づいたらパイプ椅子の上で寝てしまっていたようで、「ねぇ！」という彼女の大きな声で目を覚ました。窓の外を見ると空が明るんでいて、小鳥のさえずりがどこか響き、いつの間にか朝になっているようだった。

「男の人の前で寝ることができたの、初めてなんだけど！」

静かな外の空気にはとても似つかわしくない驚き顔で、彼女が言ってきた。そのときの僕は、彼女のその反応を素直に嬉しいと思った。気になっている相手にとっての、唯一の男になれたのだと思った。

それから彼女は時間に見境なく、LINEで自撮りの写真を送ってきたり、今日は何をする予定があるだとか、今日のJKリフレのお客さんはこんな人が来ただとか、今日も客のおじさんは気持ちが悪かったとか、私はやっぱり性嫌悪なんだということを、頻繁に連絡してくるようになった。

僕は彼女にとっての「唯一の男」というポジションを失いたくなくて、昼夜を問わずとにかく彼女からのＬＩＮＥに返事をし続けた。そんなことを繰り返してゆくうちに、僕ばかり相手のことを受け入れているのではないかという不満がだんだんと自分の中で大きくなっていった。

　僕は彼女のことが好きで、彼女とセックスがしたいと思っていた。相手のことが好きという気持ちと、自分のことを受け入れてほしいという気持ちと、セックスをしたいという気持ちが全てイコールに思えて仕方がなく、それを彼女に求めたかった。

　でも、彼女とセックスをすることは無理なように思われた。自分のことを性嫌悪だという人にどうアプローチしてよいのかわからなかったし、アプローチするべきではないとも思ったし、もしできたとしても、それで関係が良くなるのを想像することは難しかった。

　自分の欲望が叶わないのであれば、関係を続けていても辛いだけだし、我慢をし続けたら自分がいつか彼女に理不尽な関わり方をしてしまうかもしれないという不安もあり、だったら今のうちに穏便に関係を終わらせてしまおうと思った。彼女から届くＬＩＮＥへの返信のペースを遅くしていったら、だんだん連絡が来る回数も少なくなって、やがて連絡が来ることもなくなった。

　好きな人に性的に受け入れられなければ自分の存在が受け入れられたとは思えないという、セックスに対する過剰な幻想さえ自分が持っていなければ、その女性と関係を続けることができたのにな、と今は思う。せっかく仲良くなれた関係を自ら壊してしまうような、セックスに対する幻想を持っている自分がバカバカしいと思う。

『Deep Love 第一部 アユの物語』の義之は、アユに対してそうした欲を抱かないように描かれているから、欲に負けてアユとの関係を壊すようなことをしない。義之は、好きな女性との関係を自ら終わらせてしまった大学生の頃の僕が、そうなれたらよいのにと抱いた理想の状態に近い存在だった。そうした理想を抱いてからもう8年が経つというのに、自分は相変わらずセックスに対する幻想に縛られたまま生きてしまっている。かつての自分が抱いた理想とは程遠い人間のまま、時間だけが経ってしまった。

◇

ふえこさんとのデートから2か月が経ったころ。「月に吠える」に改めて足を運ぶと、見覚えのあるボブカットの女性の後ろ姿が店の外から見えた。店に入ると、やはりふえこさんだった。

入口に一番近い、この店の中で最も照明の当たらない暗ぼったい席で、右脇をあけるように肘を上げて紙タバコを吸いながら、ビールを瓶のまま飲んでいた。僕はふえこさんの隣の席に腰を下ろした。まるで瓶の中に自分が吸い込まれるみたいに瓶ビールを飲むふえこさんの横顔を見ると、やけに瓶ビールが美味しそうに見えたから、同じものを頼んでからふえこさんに話しかけた。

「久しぶりです。覚えてますか？」

「覚えてるよ。風俗の文章書いてる人でしょ」

「僕、ふえこさんに抱かれなくてよかったです」

お勧めしてくれた『Deep Love 第一部 アユの物語』の話をしようと思ったけれど、ふえこさんの顔を見ると、そんなことを口にしてしまっていた。

ふえこさんとのデートの日のあとすぐ、僕はゴールデン街の他のお店の女性に「営業終わったらご飯いこうよ」と誘われてその人のことが気になっていた。だから、あのときふえこさんに抱かれなくてよかった、と報告をした。その報告は、「えっ、抱いていい？」と言ってくれたのに抱いてくれなかったことに対する、小さな報復でもあった。

「お前、それ結果論だろ」

ふえこさんがタバコの煙の向こうからしゃがれた低い声を発した。甘ったるい猫なで声で「抱いていい？」と言ってくれたふえこさんの姿は、もうなかった。

「だって、抱いてくれるって言ったのに、中澤雄介くんとかいう知らない男の子の意味のわからないリストライベントに連れてかれるし、最初から抱く気なんてなかったじゃないですか」

「セックスするまでの過程が一番楽しいんでしょ」

ふえこさんはまた口角を綺麗に上げてニヤニヤと悪戯な笑みを浮かべた。ふえこさんの言うことはよくわからない。なにか深いことを言っているような気もするし、全てが適当な言葉にも思える。

「三丁目の居酒屋でTwitterのアカウント名を聞いて断られたとき、もう駄目だと思った」

「えー、逆にそういう人ほどヤレる可能性があるのに！」

抱かれなかったデートの答え合わせを続けていると、店の奥の方から、ぎぃーっと、椅子の脚と床の擦れる音が響いてきた。会計を済ませた大学生くらいの男の子が、カウンター席に座っている人たちの背中と壁の間の狭い道をカニのように横向きに歩き、店の入口付近のハンガーに掛けられたコートを羽織って外に出ていこうとした。

入口の近くまでやって来たその男の子を、ふえこさんが目を大きくして見つめはじめた。その視線を察した男の子の瞳にふえこさんが映し出されると、あの甘ったるい猫なで声が再び店内に響きわたった。

「えっ、抱いていい？」

二村ヒトシはどうしてキモチワルいのにモテるんだろう

ゴールデン街では作家が酒を飲んでいる。そんなイメージがつくられはじめたのは、1958年に売春防止法が施行されて非合法の売春地帯だったゴールデン街が飲食店に変わりはじめた1960年以降で、1975年にゴールデン街の常連である中上健次が芥川賞を、佐木隆三が直木賞を受賞すると、ゴールデン街と言えば作家、作家といえばゴールデン街、というイメージが頂点に達したようだ。一流の作家であればゴールデン街に一つや二つは常連の店をつくっておくべきだ、なんてことがメディア上で囃し立てられたのはその時期だ。

それから半世紀近くが経った2020年代の今となっては、第一線で活躍する芥川賞作家が断酒エッセイを書いて売れるような時代だから、作家であればゴールデン街に常連の店を持つべきだ、なんてことが言われる時代はもうやってこないとは思う。しかし、今でも作家に好まれる街の一つとしてゴールデン街が存在しているのも事実である。

ゴールデン街で飲みはじめてから、もしかしたら自分もだれか作家に会えるのかもしれない、と漠然と思っていた。実際に週に3回も4回も飲み歩いていると、けっこう有名な作家がそこら辺で飲んでるのに遭遇したりするのだけど、編集者に連れてこられたり、東京観光の一環であったりで、ゴールデン街に常連の店を持っているような作家は今の時代はやはり少ない。ゴールデン街に常連の店を持っていて、本人がいないところでも飲みの場で話題にあがってくる作家と言えば、僕にとってはＡＶ監督で作家の二村ヒトシさんだった。

というのにも少しからくりがあって、僕が『昼休み、またピンクサロンに走り出していた』なんていう性風俗エッセイ本なんかを出版しているような人間だから、ゴールデン街で飲んでいても、性風俗がどうだとか、セックスがどうだとか、モテるモテないがどうだとか、そういった話が盛り上がってしまう傾向にあり、そんなとき、二村ヒトシの名前があがることがあるのだ。

「自分のことを非モテって言う男の人って、他人の言うことに耳を貸さなくないですか？」

ある日。ゴールデン街で飲んでいたら、カウンターの左隣に座っていた20代ほどの若い女性が、そんな問いを発したことがあった。すると、右隣に座っていた自称編集者の30歳ほどの男が、

「あの、面白いモテ指南本があるんですけど。ＡＶ監督の二村ヒトシさんという方がいま

して、『すべてはモテるためである』というタイトルの本を出されてるんですけど。モテない男がなんでモテないかと言うと、自意識が強すぎてキモチワルいからということが書かれていて。モテない男って、自意識が強すぎて自分の世界に閉じこもっちゃってるから、他人の話が耳に入ってこないんですよ。二村さんは、モテない男はいかに自分がキモチワルいかをまず自覚することが大切だ、とおっしゃっていて」

なんてことを言いはじめた。僕も大学生のころ、二村さんの『すべてはモテるためである』を読んだことがあったし、自分の本を出版したときに二村さんと一緒に新宿ロフトプラスワンでイベントをしたこともあった。しかし、自分も二村さんのこと知ってますよとアピールすると会話の邪魔になってしまうと思ったので、黙って話を聞くことにした。

「え、AV監督の方でそんな本を書かれてる人がいるんですか」

初めに問いを発した左隣に座っていた女性がその話に食いつくと、

「二村さんは女性向けにも『なぜあなたは「愛してくれない人」を好きになるのか』という本を出していて、その本によると、人間には誰しも心の穴があって、その心の穴は埋められるものではないのに他人を使って埋めようとするから、愛してくれない人のことを好きになってしまうんだ、みたいなことが書かれているんです」

と、右隣の男。

「えっ、やばい、やばい！　なんかめっちゃ思い当たる節があるんですけど！　その本おもしろそう、読んでみますね」

左隣の女性はスマホをいじりはじめると、

「買いました！」

と、目を輝かせた。

キモチワルい自分を受け入れてほしい。心の穴を埋めてほしい。モテるモテないで悩んでいる人が抱えている問題の中核の話に10秒で行きついてしまう上にその場で本まで売れてしまうところが、よく売れている本のすごいところというか、二村さんが書いたモテ本のキャッチーさと奥深さだろうか。僕の性風俗エッセイ本なんて、「会社の昼休みにピンクサロンに行ったったったｗｗｗ」という2ちゃんねる掲示板のまとめのウェブ広告に辛うじて表示されるくらいなのに！

◇

「ご無沙汰しています。今夜はゴールデン街にはおられませんか？」

初夏に差し掛かったころ。突然、二村さんから Twitter のＤＭが届いた。二村さんがよくゴールデン街で飲んでいることは知っていたので、ゴールデン街で飲んでいたらいつかどこかで再会できるかなぁ、と思っていたので嬉しかった。

「二村さんおられるなら、家近いので行きますよ！」

と返信をすると、

「Sea&Sunという店に今から行きます。五番街の、花園神社を背にして左側にあるお店です」

と教えてくれた。

Sea&Sunは、ゴールデン街の下半身を担っているようなお下劣なお店であると、あらゆるところで噂は耳にしていた。漫画家としても、中年女性ユニット『すぐイクよ出るよ』としても活躍しているドルショック竹下さん、通称ドルさんがキャプテンをやっているお店だ。ゴールデン街は建物も古ければ価値観も古いところがあり、店の中で働く女性のことを「ママ」なんて呼ぶ前近代的な慣習がまだ残っているのだが、ドルさんは思想的に「キャプテン」という呼称を採用しているようだった。

とても初見で一人で行く勇気はないお店であったし、ゴールデン街で新しいお店に行くときは既に常連の人から紹介された方が摩擦なくお店に馴染むことができるので、二村さんからSea&Sunに誘ってもらえたのは嬉しかった。

喜々としてゴールデン街に向かうと、明るく光る綺麗な青色の看板に白抜きの文字で「Sea&Sun」と書かれているお店が見えた。外から店内を覗くと、坂本龍一並に白髪にオーラを宿した二村さんの横顔が見えた。二村さんが座るカウンターのすぐ目の前には、入口の方に見せつけるようにパッケージが向けられた「まんこい」という焼酎が置かれていた。

「二村さん、お久しぶりです。連絡いただけて嬉しいです」

二村さんの近くに立って挨拶をすると、

「お久しぶりです。君のゴールデン街に関するツイートが面白くて、連絡しちゃいました」

と言ってくれた。最近はゴールデン街で面白いことがあったらその出来事をツイートしているので、それを見てくれているようだった。ありがたい、と思って二村さんの隣に座ると、

「はい、マンコースター」

ドルさんがコースターを差し出してくれた。カウンターの中にいるドルさんは、金髪をおさげにして、白くて大きなハット帽をかぶり、白の薄い水着からEカップはありそうなおっぱいを覗かせていた。

「彼は、風俗に詳しい人です」

二村さんがドルさんに僕のことを雑に紹介してくれると、

「そうなの？　はじめまして。よろしくこしこ」

ドルさんが挨拶をしてくれた。

何のお酒を飲もうかと思って二村さんの飲んでいるお酒を見ると、白濁したマッコリを飲んでいた。性的なイメージが喚起されるSea&Sunというお店でマッコリを見ると精液

にしか思えず、飲む気が起こらなかった。他のお酒を頼もうとカウンターの中を見渡すと、梅毒急増中に関する注意の張り紙や、ＥＤ治療薬の効果が書かれた張り紙に交じって、ビールのメニュー表があった。

サッポロ　クロビカリ
アサヒ　スーパードライオーガズム
キリン　ハート淫乱ド
サントリー　プレミアムイチモツ

国産のビールが揃っていた。プレミアムモルツで、とお願いをすると、「はい。プレミアムイチモツ〜っ！」と、ドルさんがビールを提供してくれた。

「では、久しぶりの出逢いに、乾杯」

二村さんと乾杯しようとすると、「こちらの方はお友達の人妻さんです」と、二村さんの左隣に座ってる女性のことを紹介してくれた。綺麗な茶髪のショートヘアの、目力の強い人で、人妻であること以外は何もわからなかったが、３人で乾杯をした。しばらく話をしていると、二村さんが突然少し下を向き、なにやら笑いを噛みしめるような表情をして、

「あの、今日は君に聞きたいことがありまして。ゴールデン街で二村ヒトシの本の話をす

る人を見かけるってツイートをあなたがされてるのを見たんですけど、そんな人はどこにいらっしゃるんでしょうかっ⁉」

と、二重幅の広い目をこちらに向けてきた。確かに、僕は1か月前にそんな内容のツイートをしていた。二村さんのその質問を聞いて、4年前の記憶が一瞬にして呼び起こされた。二村さんは、本当にどうしようもないくらいに自分が注目されたい人で、そうした気持ちを明け透けに表現するような人だった。

◇

二村さんに一度だけお会いしたことがあったのは、2018年11月18日のことだった。はてなブログに書いていた性風俗エッセイが本になったとき、『めっちゃ前向きな風俗放談』というタイトルの出版イベントを新宿ロフトプラスワンでやることになった。

友人が経営をしている池袋の風俗店の事務所の一室を借りて、担当編集者の人と誰をイベントのゲストに呼ぼうか打ち合わせをした。30歳前後の若い風俗店の経営者やキャストの方にゲスト登壇を依頼することを決めたあと「二村ヒトシさんも呼ぼうよ」と編集者の人に提案をした。エロいことに前向きだし、放談イベントだからイベント慣れしてる人がいた方がよいし、若い人の中に年配の人がいると引き締まるし、なにより、僕が会ってみたかったからだった。

二村さんの『すべてはモテるためである』を読んだのは、大学三年生の頃だった。2015年ころに人文系の読書会なんかに通っていると、二村さんの本はとにかく話題になっていた。本の冒頭に書かれている「なぜモテないかというと、それは、あなたがキモチワルいからでしょう」という鋭利なフレーズや、モテない人はまず自分のキモチワルさを自覚しようという提案は、これまで読んだモテ指南本では見たことがないもので、自意識が過剰で女性とうまくコミュニケーションすることができず、性風俗店でしか性行為をしたことがなかった素人童貞である自分の心に突き刺さった。

また、その本の中で、性風俗店での経験もコミュニケーションの学びになる、ということが書かれていることもよかった。世に流布している性産業に対する言説は、性行為というものが商品化されてしまえばそれだけで直ちに人間性が疎外されてしまうという前提で書かれていたり、性産業の世界にこそ普段は抑圧されている人間の本性があるとでも言いたげな大仰なものであったりで、そこで行われているミクロなコミュニケーションについて抑制的に考察している本に出会うことはほとんどなかった。

だから、性風俗店を貶《おとし》めることも過剰に持ち上げることもせず、そこで繰り広げられている性的なことだって女性とのコミュニケーションをする上で学べることがあるのだ、ということが偏見なく書かれている文章に触れるのは新鮮だった。

僕は大学を卒業してから、性風俗店を利用したときのエピソードのエッセイのような文章をはてなブログに趣味で書くようになった。性風俗店で繰り広げられているコミュニケーションは面白いものであり、文章にするほどの価値があるはずだ、という心持ちになれたからブログを書くことができた。性風俗店でのコミュニケーションを当たり前のように意味のあるものだと考える、二村ヒトシという人がいることを大学生のときに知ることができたことが、ブログを書く原動力に繋がっていた。だから、そのブログが本になった出版イベントに二村さんを呼んで、本の感想を聞いてみたかった。

編集者を経由して二村さんにイベント登壇の依頼をすると、すぐに了承をもらえた。イベント当日、トランクをころころ転がしながら、真っ赤なコートを着た二村さんがやってきた。

「会ったこともない素人童貞に急にイベントに呼ばれたから、来ました」

控室での挨拶のときから、もうイベントが始まっているかのようなテンションの高さで、二村さんは普段から華がある人なのだと思った。

「二村さん、僕の本を読んだ感想、聞かせてくださいよ」

控室では緊張して聞くことはできなかったから、壇上に上がってお酒を飲んでテンションが上がったところで、二村さんに聞いてみた。

「俺、本当はあんまり褒めたくはないんだけど、男の性の悲哀が書かれている本だな、と思った。勃起をして射精をするという行為は、男が男に成りながらも敢えて萎《しぼ》ませるという、謂わばファルスを手放す行為。風俗はそのためにお金を払うというところに、男の寂しさや切なさが詰まっていて、そのことが書かれているのがこの本のエモさたるところで、君は風俗界の燃え殻だ」

と褒めてくれた。売れっ子作家の燃え殻さんに喩えてくれるという、あまりに大仰な褒め言葉だったので嬉しくも少し照れがあり、「風俗界の燃え殻って、ザーメンみたいな響きですね」と渾身のボケで返したのだけど、あまりにも僕の声が小さかったからか他の人の声にかき消されてしまい、そのボケは誰にも拾われることなく宙に消えていった。

3時間半も続いた放談イベントは、特に滞ることなくうまくいった。二村さんがよく喋ってくれたので、やはり二村さんを呼んでよかった、と思った。何か喋るたびに「……というこことが僕の本に書かれておりまして、入口のところで売ってるので、ぜひこの本を買って読んでください」と、他人の出版イベントで自分の本の宣伝を5回も6回もしはじめるのはさすがに「こいつめっちゃ自分の本の宣伝するやん」と心の中では思っていたけど、そのことを差し引いても、二村さんは壇上でよく喋ってくれたし、面白いことを言って会場を盛り上げてくれて、さすがだな、と思った。

トークイベント終了後、入口の近くでサイン会をすることになった。二村さんはころころと引きずってきたトランクから自分の本を取り出して、長机の上に並べた。二村さんと隣り合って座り、サイン会をしていると、「なんか、君の列の方が綺麗な女性が多く並んでて嫌だなぁ」と二村さんが嫉妬のようなものを小声でぶつけてきた。

僕も、二村さんの列の方が綺麗な女性が並んでいるように思っていたから、自分は他の人よりも恵まれていないという二村さんの変な自意識が二村さんの認識を歪ませているだけなのではないかと思ったけど、もしかしたら、自分は他の人よりも恵まれていないという僕の変な自意識が僕の認識を歪ませているだけなのかもしれず、それはどちらが正しいのか本当のところはわからなかった。

とりあえず、『すべてはモテるためである』の中で、モテない男は自意識過剰でキモチワルいことを自覚しろと言う割には、二村さんは自分の自意識から生じているかもしれない嫉妬をこんなにもストレートにぶつけてくる人なんだな、と思ったし、二村さんってひょっとしてキモチワルい人なんじゃないか、とも思った。

しかし、そこら辺の自意識過剰でキモチワルくてモテない男と違うところは、そんな自意識を抱えながらも、二村さんがどうやらモテているっぽいところだった。サイン会を終えてお客さんがいなくなると、20代の美女二人が二村さんの近くにやってきた。

話を聞くと、どうやら二村さんはイベント会場にその美女二人と一緒に来ていたようだった。高学歴男子が好きで東大の赤本を見ただけで性的に興奮してしまうという女性と、元アイドルでプロデューサーに飛びっこを股間に挿れられながらライブでダンスを踊っていたという女性の二人だった。

二村さんはキモチワルいくせにモテてやがる、非モテに向けたモテ指南本を出版して売れたことによってどんどんモテるようになるマッチポンプ式の世界を生きてやがるんだ、とこの世の不条理を嘆きたい気持ちになった。

サイン会が終わったあと、登壇してくれた人たちとゴールデン街に打ち上げに行った。二村さんは自分の本が詰まったトランクを引きずりながら、一人でどんどんと歌舞伎町の繁華街の光の中を、真っ赤なコートの裾を揺らしながらゴールデン街の方に向かって歩いていった。

その二村さんの背中を追いかけるように、二村さんと一緒にイベントに来ていた二人の美女が小走りしていた。僕は「二人の美女に追いかけられてて羨ましいなぁ〜」と思いながら、もっと後ろの方から二村さんと二人の美女の背中を追いかけた。あかるい花園三番街の「O2」というお店に入ってしばらくお酒を飲んでいたら、初めてのイベントを終えて緊張の糸が切れてしまったのか、イベントがうまくいって安心したのか、お酒を飲みすぎたからなのか、会いたかった二村さんに会えた悦びなのか、自分でも理由はよくわからないのに僕は急に泣きはじめてしまい、近くにいた二村さんの胸に飛び込んでしまった。

二村さんはギュっと優しくハグをしてくれ、揺りかごのように体を揺らしてくれた。

◇

「あの、今日は君に聞きたいことがありまして。ゴールデン街で二村ヒトシの本の話をする人を見かけるってツイートをあなたがされてるのを見たんですけど、そんな人はどこにいらっしゃるんでしょうかっ⁉」

思い出の最後が優しいハグだったから、二村さんのイメージが自分の中で最高潮になってしまって忘れかけていたけど、すぐに思い出した。二村さんは、本当にどうしようもないくらいに自分が注目されたい人で、その気持ちを明け透けに表現する人だった、と。

「二村さんのファンがいたお店は、今度一緒に行きましょう。それにしても二村さん、相変わらず自分のことが好きなんですね。久しぶりに会ったけど、そのバイタリティが変わってないのがすごいですよ」

と返すと、

「まぁ、それも、まだチンコが勃つからだよ」

二村さんはどこか陰鬱な表情で呟くように言った。僕はその言葉を聞いて、衝撃を覚えてしまった。大学生のころ、二村さんが文筆家の岡田育さんと社会学者の金田淳子さんと共著で出版した『オトコのカラダはキモチいい』という本において、男は男性器以外の性感帯を開発するべきだ、と二村さんが散々言っていたからだった。そんなことを言ってい
た張本人が、こんなにも勃起に固執しているなんて！

「え、二村さん、勃たなくなっても大丈夫なんじゃないですか？『オトコのカラダはキモチいい』の中で、男はチンコで感じることばかり考えないで、乳首とかアナルを開発して感じるようになるべきだ、って散々言ってたじゃないですか。僕、その言葉を真に受けて乳首もアナルも開発したんですよ！」

驚きをそのまま二村さんにぶつけると、

「いやぁ、そうは言うけどさ、やっぱ男は勃たなくなったら終わりだよ」

二村さんはグラスに残っていたマッコリを一気に飲み干すと、

「はい、そうです。私が男根至上主義者です！」

と、志村けんの変なおじさんのように露悪的に言いはじめたかと思いきや、

「すぐこういう風に言ってしまうのが俺のダメなところだ」

と、こちらが何か言うよりも早く自分でツッコミはじめ、とにかく過剰な自意識がお祭り騒ぎだった。

しかしまた、どうしようもないほどに自分の抱えている矛盾をそのまま曝《さら》け出せてしま

う二村さんとお酒を飲んでいると、こちらも話しやすい気持ちになってしまうのも事実だった。男の人は性の話をするとやたらとかっこつけてしまう人ばかりなので、こんなにも率直に自分の矛盾を曝け出して取り乱してくれる人は珍しい。

僕は、あまり他人には相談しない、最近の恋愛相談を二村さんに話したいな、という気持ちになった。二村さんと新宿ロフトプラスワンで初めて会った4年前は、性風俗店でしかセックスをしたことがなかったけど、二村さんと再会するまでのこの4年の間に、僕は彼女ができて、初めてお店以外でセックスをして、それから2年間の同棲をして、お別れをしていた。新宿ロフトプラスワンのイベント終わりのサイン会で、二村さんの方にだけ並んでいた綺麗な人だった。

「二村さん、僕さ、お店以外で長期的な関係の中でセックスをすることができて思ったんですけど、どうやら僕は、自分という存在を受け入れてほしいという気持ちと、好きな人とセックスをしたいという気持ちが、あまりにも密接に結びついているみたいなんです。セックスをしたいと強く思えた人とセックスをしたいと強く思えた瞬間にしかセックスをしたくない、という自分の気持ちにすごく自覚的になってきたんです。でも、この考え方はすごく自分の世界を狭めているようにも思うんです。自分という存在を受け入れてほしいという気持ちと、好きな人とセックスをしたいという気持ちが結びつく必要なんて、なくてもいいわけじゃないですか。それなのにそこが結びついてしまうところに、すごい偏りがある気がしていて」

さっきまで変なおじさんのようになっていた二村さんは、うん、うん、と相槌を打ちながら真剣に話を聞いてから、

「これは精神分析家のラカンって人の受け売りなんだけど。人間はもともと、赤ちゃんのころは言語以前の身体的なコミュニケーションをしてるんだけど、言葉を覚えることで、言語優位になっちゃうんだよね。言葉で物事を考えるようになっちゃう。君がこういう人とセックスをしたいってセックスをする前に言葉で考えるのは、そういう意味では実に人間的であるし、それは正しく倒錯的でもある。でも、別に好きでもなんでもない人とセックスをして、セックスをしたことによってその人のことが好きになってしまうっていうことも、もちろんある。セックスをする前に自分が抱いていたその最初の欲望だけが、本当の欲望とは限らない。どちらも、本当の欲望だから」

と、アドバイスをくれた。二村さんの隣にいた人妻の方も「山下さんの考え、すごくいいと思う」と言ってくれたので喜んでいると、二村さんが、

「あっ、今いいこと言ったな俺。今度書く原稿で使おう。メモしなきゃ。なんだっけ、えーっと、最初に抱いていた欲望だけが、本当の欲望というわけではない」

と、スマホにメモをしはじめた。二村さんは、常に第三者の目を持って生きている人なんだな、と思った。だから飲みの場で喋ってることがそのまま原稿の材料にもなってしま

うし、平場とイベントの壇上で喋ってるときの変化があまりない。

そんなにお酒が強くない二村さんはトマトジュースを飲みはじめ、終電が近づいてくると「終電だから帰らなきゃ」と言いはじめた。

「ザーメンパイパ〜イ！」

ドルさんの声を背中に聞いて、お店を出た。お店を出ると二村さんは一緒にいた人妻の方に、

「あなたはこの男と残って飲むでもいいし、もし帰りたいなら僕と一緒に終電で帰るでもいいし」

と言っていた。僕は、その人妻の方が許すのであれば、一緒に二人で飲みたいな、と思った。いつもであれば、自分はこの人とセックスをしたいだろうか、とかいろいろ頭で考えてしまうが、そんな風に頭でっかちに言葉で考えることが自分の世界を狭めているのだとすれば、そんなことは考えず、とりあえず二人で飲んでみればいいのだ、と思った。

「よかったら飲みいきましょう」

人妻の方に手を差し伸べると、手を握ってくれた。

「じゃ、飲みいってきます」

お別れの挨拶をしようと二村さんの方を見ると、二村さんが親に見捨てられた子どもの

ような心底悲しそうな顔を僕に向けていた。人間はあまりにも悲しそうな顔を向けられると動けなくなってしまうようで、そのまま3秒ほど、二村さんの悲しそうな顔を見つめるだけの永遠にも感じられる時間が続いた。

二村さんのそんな顔を見ていると、27も年下の僕ですら、なんだか母性をくすぐられたような気持ちになってしまって、「すいません。僕、こんな顔を向けられたら飲みにいけません。二村さんと一緒に帰ってあげてください」と、人妻の方の手を離してしまった。

こんな風に、二村さんは人を惹きつけているんだ、と思った。ずるいようにも思うけど、こんなにも素直な感情を他人からぶつけられることなんて大人になってからは中々ないことだから、悪い気はしなかった。人妻の方も、二村さんの悲しそうな顔を見て嬉しそうに笑っていた。

自意識過剰でキモチワルいけど、自分の感情に素直な人だから、一緒にいて悪い気はしない。だから、二村さんはモテるのだろうか。駅に向かって歩く二村さんと人妻の方の背中を眺めながら、そんなことを考えた。

◇

二村さんと久しぶりに飲んでしばらくしてから、家の本棚にあった『すべてはモテるためである』を読み直してみることにした。好きな作家と会ったあとに、もう一度その人の本を読み直すことが好きだ。二村さんに久しぶりに会ってから読んでみると、大学生のころに読んだときとは本の印象がガラリと変わった。

二村さんは自意識過剰でキモチワルいことを自覚しようとか主張する割には、自分も十分に自意識過剰でキモチワルいところもある人だし、そのくせ、なぜかモテてやがる、非モテ向けにモテ指南本を出版して売れたことによってどんどんモテるようになるマッチポンプ式の世界を生きてやがるんだ！と、二村さんに初めて会ったときに僕は思ってしまった。

しかし今になって本を読み返してみると「まれに、キモチワルいのにモテてる人というのが現れることがあります」と、キモチワルい人でもモテるということは言及されているし、「僕は今でもキモチワルい」とも書かれてるし、「モテ本を出してからモテるようになった」とも書かれていた。別に僕がわざわざ突っ込むまでもなく、二村さんは自分のことを「キモチワルい」と、何年も前から本の中で自覚的に書いていた。

じゃあ、なんで僕は二村さんに会ってそのキモチワルさに驚いてしまったのかと反省してみると、大学生のころに読んだとき、僕は二村さんの本を誤読していて、ずっとそのままの認識で生きていたのだな、と思った。

これだけ男の自意識について解像度高く捉えていて、「なぜモテないかというと、それは、あなたがキモチワルいからでしょう」なんて鋭利な言葉を他人に向けて書くことができる著者の二村さんはキモチワルくない人間に違いない、と勝手に思い込んでしまい、そうした二村ヒトシ像を頭の中で創り出してしまっていた。

「本の中で言語化していることは、著者本人はもう克服できているはずで、既に次の段階に進んでいるはずだ」という決めつけが自分の中にあった。それは、文章というものに対する過剰な期待であり、著者の神格化、あるいは著者への依存とでも言えるような読書の仕方だった。

『すべてはモテるためである』は、二村さんが経験して克服したことを克服者として書いているのではなく、現在進行形でくよくよと悩んでいる己の姿を、実況中継するみたいに書かれた本なのだな、と読むことができるようになった。実際に二村ヒトシという存在に生で触れることで、以前よりも二村さんの書いた本を正しく理解することができるようになったのだ、とまで言い切れるのかはさすがに怪しいけど。

もう『すべてはモテるためである』を読んでも、本に書かれている文字を読むというよりも、そこに書かれている文字を媒介にして二村さんと一緒に過ごした時間のことを思い出すことの方が多くなってしまっているし、今度二村さんに会ったらなんて言ってやろうか、ということばかり考えてしまうし、なんならもうこの場で、二村さんに言いたいことを言ってやろうかと思う。

二村ヒトシさん。僕は、確かに二村さんの本を誤読していた。「なぜモテないかというと、それは、あなたがキモチワルいからでしょう」という鋭利な言葉だけが強く自分の心に刺さり、こんなことを言う著者の二村さんはキモチワルくないに違いない、と決めつけてしまっていた。それは文章に対する過剰な期待であり、著者の神格化であり、著者への依存でしかなかった。

実際の二村さんは、十分に自意識過剰でキモチワルいところもあるし、それでいて、すごく自分の感情に素直で、良くも悪くも人を巻き込んでしまう魅力を持っていて、モテてしまう人だ。キモチワルさは克服されたのではなく、キモチワルさを残したままモテるようになっているのだ。二村さんと会うことができたから、そのことに気づくことができたけど、僕が誤読して自分の中にキモチワルくない二村ヒトシ像を抱きながら何年も生きてしまったことは事実だ。

本当に身勝手であると思うし、ちょっと強い言葉で悪いけど、誤った期待を抱きながら生きてきてしまった過去の自分を成仏させるためにも、どうかこれだけは言わせてください。

二村さん、なぜあなたがモテるかというと、それは、あなたがキモチワルいからでしょう。

彼女が僕としたセックスは動画の中と完全に同じだった

「初めまして。突然の連絡すいません。このアカウントは、最近あなたがフォローバックした風俗嬢の日常用のアカウントです。ゴールデン街で飲んでいるというツイートを見かけて、連絡してしまいました。私もゴールデン街でよく飲んでいます。というか、実は金曜日だけ店番もやってるんですけど、よかったら飲みませんか？　返信はいただけないと思うのですが、どうしても気になってしまいまして」

Twitterで知らないアカウントからＤＭが届いた。最近フォローバックした風俗嬢のアカウントはどれだろう、と思って自分のフォロー欄を上から確認すると、最近フォローバックした30ほどのアカウントのほとんどが風俗嬢だった。

７年前に学園系のお店で出会ったデリヘル嬢と、久しぶりに人妻系のお店で再会した。７年の間に僕は７つ年を取り、彼女は４つだけ年を取っていた。

数日前、そんなツイートをしていた。７年前に学園系の店で指名したことのあるデリヘル嬢が人妻系の店に移籍していたので遊びにいったら、7年経過しているのに風俗店のホームページ上では4つしか年齢を重ねていなかった、という話なのだが、ツイートの文章が村上春樹っぽい、星新一っぽい、これは特殊相対性理論だ、などというコメントがついて、リツイート数が1万を超えた。

デリヘルに関する内容だったから性風俗店の関係者の間でもツイートが拡がり、風俗嬢からフォローがたくさん来て、その全てにフォローバックしたところだった。だから「最近あなたがフォローバックした風俗嬢」と言われても、どの風俗嬢のアカウントか見当がつかなかった。

DMを送ってきた人はどんな人なのだろうと思い、その日常用のアカウントのツイートを遡ってみると、写真映えなんて全く意識していない、無機質に真上からラーメンを撮った写真ばかりが並んでいた。その写真からは性別を想像することすらできなかった。

もしかしたら男性からのいたずらのDMかもしれないと思い、一番古い4年前のツイートまで遡ってみたけれど、どんな人かの手がかりは一切見つからず、4年分のラーメンの写真がひたすら並んでいるだけだった。どんな人かわからないことに少しの不安はあったけれど、DMの返信をしてLINEを交換し、ゴールデン街で飲む約束をした。

待ち合わせ場所は、吉本興業東京本社前にあるファミリーマートにした。風俗の仕事が終わってから来るとのことで、待ち合わせの時間は0時を指定された。そのやりとりから、

ＤＭの送り主が待ち合わせ当日に出勤のある風俗嬢ということがわかったから、最近フォローしてくれた風俗嬢のシティヘブンのプロフィールページを片っ端から確認して、関東のお店でその日の夜に出勤のある風俗嬢は誰かを調べてみたけれど、それでも6人までにしか絞ることができず、結局ＤＭを送ってきた人が誰かはわからなかった。

◇

当日。新大久保にある自宅からゴールデン街に向かって歩いていると、もう少しで待ち合わせ場所に着くというところで、ＬＩＮＥ通知が鳴った。

「髪はロングで巻いてて、色はブルーブラックです。夜なので黒髪に見えるかもしれませんが」

ファミリーマートの前につくと、店内から漏れ出る白光に照らされた、黒いニットのワンピースを着た細身の女性がスマホを覗きながらゴミ箱の前に立っていた。ロングヘアで、巻き髪。髪色は黒に見えるが、確かに青みがかっているようにも見えた。

「こんばんは、ＤＭくれた人ですか」

声をかけると、スマホを覗いていた黒目がこちらを向いた。

「あっ、そうです」

「あっ、連絡ありがとうございます。では飲みいきましょうか」

「はいっ」

彼女が常連であるお店に連れていってもらった。カウンターの中に、30代後半くらいの女性が立っていた。空いていたカウンターの一番奥の席に座ると彼女がウーロンハイを頼んだから、僕もウーロンハイを頼んだ。

「ここの店は、私が風俗で働いてること言ってあるから大丈夫だから」

カウンターの中にいる店番の女性に注文をし終わると、彼女は僕のことを横目で見ながらそう言った。その声がカウンターの中にまで届いたのか、店番の女性がグラスにキンミヤの焼酎を注ぎながらこちらに顔を向けてニコッと笑った。それからウーロンハイを店番の女性から受け取って、彼女と乾杯した。

「お名前は、なんて呼べばいいですか」

「古澤っていいます」

「古澤さん。働いてる風俗店の名前って、聞いてもいいですか？　最近僕がフォローした風俗嬢のアカウントって言われても、どのアカウントなのかよくわからなくて」

古澤さんはすんなり教えてくれた。歌舞伎町のヘルス店で働いていること。その店では「ゆら」という源氏名で働いていること。それから、

「ねぇ、聞いて。私の本指名のお客さん、気持ち悪い人ばっかりでさぁ」

と言って、彼女は続けた。

「私、高校のころ吹奏楽部でトランペット吹いていたんですけど、そのことを山本って客に話したら、今日そいつがわざわざトランペット持ってきてさ。トランペットって、ウォーターキーっていう唾を抜くところがあるんですけど、そこから出てくる唾を飲みたいとか言ってきて。私、さっきラブホテルでトランペット吹いてきたんですよ。やばくないですか？」

そう言いながら彼女は口元だけを動かして大きな白い歯を剥き出しにするように笑った。気持ち悪い客への嘲笑か、そんな客とプレイしている自分に対する自虐か、その中間くらいの笑顔で、彼女は続けた。

「ゴールデン街で店番やってても、やたらと口説いてくる人とかいて。店が終わるまでずっと酒も飲まずに残ってる奴とかさ。もうお店閉めるんで、って言うと、閉め作業手伝おうか？とか言ってきて。私、上手く断れないから無視して閉め作業するんだけど、そしたら勝手に掃除とか手伝ってきたりしてさ。閉め作業を手伝えば私とホテルにいけるとでも思ってんのかな？って感じ。こちとらいつも金貰ってセックスしてるわけだから、タダでヤらせるはずないじゃんね」

話をするとき、彼女の黒目は上に動いたり真ん中に戻ったりを繰り返す。

「私ね、付き合ったことがある人は人生で二人だけしかいないの。でも、体の関係を持った人はプライベートだけでも3桁はいるね。本当は駄目なんだけど、ヘルスでもヤっちゃうことあるし。お店でヤったことある人も含めたら、もう経験人数は数えきれないくらいいる。もしかしたら4桁超えてるかも」

小説や映画の話を通して自分の話をする人みたいに、彼女は男の話を通して自分の話をした。彼氏にする男、付き合わないけどセックスはする男、付き合いもしないしセックスもしない男。彼女は男をその3つに区分しているようだった。

話すときに動く彼女の黒目を追いながら、僕は彼女にとってどの男に映っているのだろう、と考えていた。DMで僕のことが気になったと言ってきた割には、自分の話ばかりで僕のことに関しては何も聞いてこないから、おそらく彼氏の枠には入らないだろう。付き合わないけどセックスをする男か、付き合いもしないしセックスもしない男の、どちらかだと思った。

1時間ほど飲んだところで、彼女がトイレに立った。それから、30秒くらいですぐに席に戻ってきた。「早いね」と言うと、「私、トイレ早いの」と彼女は言った。僕も尿意があったから「僕もトイレ行きます」と言って、トイレに行って、30秒くらいで席に戻った。僕もトイレは早い方だ。席に戻ると、「そっちもトイレ早いじゃん」と彼女は言った。

「うん、僕もトイレ早いよ」

「そうなんだ。おかわりする？」

「じゃあ、ウーロンハイで」

15分くらい経ったところで、また彼女が席を立った。

「トイレ行ってくる」

「また？　代謝いいんだね」

「うん。私、代謝いいよ」

彼女はまた30秒くらいで帰ってきた。

「早いね」

「うん、私、早いんだって。ウーロンハイおかわりで」

「じゃ、僕もまたトイレ行ってきます」

「そっちも代謝いいじゃん」

その後も二人そろって、お酒を飲んではトイレに行き、お酒を飲んではトイレに行き、を繰り返した。飲むペースがだんだんと速くなって、酒が体を巡ってはすぐに尿として出ていく。彼女と交わす言葉も、次は何を飲むかとか、またトイレに行ってくるとか、体を巡る酒を追いかけるようなものばかりになっていった。気づけば、飲みはじめてから2時間が経っていた。

「そろそろお店出ますか。僕、払いますよ」

お会計は8000円にも満たないほどだった。財布からお金を出して店番の女性に

8000円を渡そうとすると、彼女が「いい、いいよ」と強く言って、ほとんど強引ともいえるように4000円を僕の手に渡してきた。

「どうする？　帰る？」

店を出て、ゴールデン街のアーチ看板をくぐって花園交番通りまで出ると、彼女が聞いてきた。

「酔っぱらって眠くなってきたので帰ります。僕、あっちに自転車があるので」

駐輪場のある靖国通りの方を指差すと、「私もタクシーそっちで拾うわ」と彼女が言ってきた。そのまま花園交番通りを南に向かって横並びに歩くと、右手に花園交番が光を灯しているのが見えてきた。

交番の前には、長い木の棒を地面に突き刺すように持っている警察官が一人立っていた。それまで同じペースで隣を歩いていた彼女が交番の前を通ると急に早歩きになって、僕のことを置いていくようにずんずん前へ歩いていった。

「なんで交番の前を歩くとき早歩きになるの」

急に自分だけの世界に入ってしまったような彼女がおかしいように思えて、交番を通り過ぎたところで少し笑いながらツッコミを入れると、

「えっ、私、早歩きになってた？」

彼女が振り返りながら言ってきた。自分が振り返らなければならないほど前を歩いているその状況にすら気づいていないような顔をしていた。

また横並びになって歩き直して靖国通りまで出て、歩道の脇に設置された駐輪場に止めていた自転車を取り出した。「じゃ、僕、家こっちだから」と言って花園交番通りを来た方に戻ろうとすると、「やっぱ私もそっちでタクシー拾うわ」と彼女が言うので、自転車を引きずりながらまた横並びに歩くことにした。さっき通った交番の前を歩くとき、彼女はまた早歩きになった。

「ほら、早歩きになってるじゃん」

「え？　わかんない。なんで？」

眉を八の字にさせながら、自分のことなのにまるで他人事みたいに聞いてきた。「いや、知らんわ」と返すと彼女は表情を無くした。そのまま真っすぐ歩くと、道の左手に最初に待ち合わせしたファミリーマートが見えた。ファミリーマートの方を左手で指差しながら「水でも買う？」と聞いてその手を下ろすと、下で待ち構えていた彼女の右手が僕の左手を握った。

「家って歩ける距離？　行っていい？」

僕は、付き合わないけどセックスはする男に選ばれたんだ、と思った。「いいよ」と応えて、そのまま手を繋いで歩いた。右腕一本で自転車を引きずるのが大変なことに気づかれないようにしながら、新大久保にある僕の自宅に向かった。

自宅は誰かを招き入れるような部屋にはなっていなかった。デスクトップPCを置いた机とゲーミングチェア、それからベッドが置いてあるだけだった。

部屋に入ってそのままベッドに座ると、一つの会話もなしに彼女が全体重をかけてこちらに倒れかかってきて、そのままキスをした。彼女ははじめから思いきり舌をいれてきた。彼女の口内はアルコールで除菌されたみたいでなんの味もしなかった。

服の上から体に触れると、彼女は急ぐように服を脱いで裸になった。僕も、彼女を追うように急いで服を脱いで裸になった。ベッドに仰向けに倒れた彼女に覆いかぶさるようにキスをしながら胸に触れると、

「お尻。お尻を強く握ってください」

乱れた前髪の隙間から僕の目を真っすぐ見ながら言ってきた。彼女の白い筋肉質なお尻を握ると、「うぅ、うぅ」と呻くように声を出しながら、「もっと強く」と言ってきた。言われるがままにもっと強く握ると、彼女はだんだんと白目にうっすらと涙を浮かべて、何かを懇願するような目で僕の顔を見つめ続けた。少し涙目になったとはいえ、まだ表情に余裕がありそうだったから、さらにお尻を強く握るように指先に力を入ると、

「ゔゔうっ、ゔうっ」

さっきよりも強くて濁った呻き声をあげながら、全身を小刻みに震わせて、ベッドの上で体を時計回りに回転させるようにのた打ち回りはじめた。逃げるように動く彼女のお尻を逃がさないよう強く握り続けると、「やばい、やばい」と叫んで、彼女がベッドからフローリングの床の上に落ちた。どしん、と音を立てて人の体がフローリングに落ちてしまったことに少し動揺したけど、ベッドから落ちた彼女のお尻から手を離さないよう、すぐに僕もベッドから降りてフローリングに膝立ちになって、床にうつ伏せになった彼女のお尻を強い力で握り続けた。

「やばい、やばい、やばい、無理無理無理、もう無理」

僕の手を制止するように彼女の手が僕の手を握った。その手の力からは制止をしたいという強い意志が感じられなかったから、

「本当にやめてほしい？　でも、やめてほしい人の力じゃないよね」

と言って、彼女のお尻を強い力で握り続けた。

女の人にこんな言葉を投げかけたのも、お尻を強く握ったのも、初めてのことだった。僕の中に、彼女に対する好意も、彼女に自分のことを受け入れてほしいという気持ちも、全くなかった。そういう気持ちがなかったからこそ、彼女の顔を見て、彼女が何を求めているのかを考え、普段はやるはずのないことをやり、普段は言うはずのない言葉を口にすることができた。そういうことをする余裕があった。

セックスをしていて、こんな気持ちになれたのは初めてのことだった。相手のことが好きという気持ちと、自分のことを受け入れてほしいという気持ちと、セックスをしたいという気持ちが全て一緒だったときの自分は、相手のことを考えてセックスをすることが全くできていなかったのだな、ということに今さら気づいた。

「後ろからしてほしい」

崖を上るみたいにベッドの上に這い上がった彼女が四つん這いになって言ってきたので、ゴムをして後ろから挿れて、彼女のお尻を握りながら腰を振って射精した。射精をしたあとも、彼女のお尻を握り続けた。

「やめて……、本当にやめて……」

彼女の声が消え入りそうになって、僕の手を離そうとする手に能動的な力が籠ってきたところで本当にやめてほしいのだと思って、お尻を握るのはやめにした。

「すごい上手いんだね。力加減が、すごくよかった」

5分ほどベッドの上で死んだように項垂《うなだ》れていた彼女が、呼吸が落ち着いて喋れるようになったところで言ってきた。

「上手くはないと思うけど。相性が良かっただけじゃない？」

「そっか。ねぇ、今日こういう風になるって最初から思ってた？」

「セックスするってこと？　全然思ってなかったよ。なんで？」

「いや、別に」

どうしてそんなことを聞いてくるのだろう、と思った。こういう風になると最初から思ってたかどうかなんて、重要なことだろうか。

「こういう風になるって最初から思ってた方がよかった？」

「いや、そういうわけじゃないんだけど」

彼女の返事は釈然としなかった。

彼女は、僕がセックスが上手い人で、今日セックスをすると僕が最初から考えていた、そんな風に目の前の現実を解釈したそうだった。それは僕には過大評価にしか思えなかった。というより、現実の解釈として誤っているようにしか思えなかった。セックスがよかったのは偶々《たまたま》その日の二人の相性が良かっただけであって、今日セックスをしたのも二人の気分によって偶々そうなっただけ。そう解釈することはできないのだろうか。自分のことを自分よりも知っていて、自分の未来を見通している、そんな必然を約束してくれる神様みたいな存在が世界にいてほしいのだろうか。セックスをした相手のことを、そうした神にでも仕立てたくなるのだろうか。

脱ぎ捨てた衣類を一つずつ探して、すべて着終わったころにはもう朝の6時になっていた。高円寺に住んでいるという彼女は総武線で帰るというから、大久保通りを歩いて大久保駅まで送っていった。改札の前まで送って、「じゃ、気をつけてね」と言うと、彼女が開いた手の平をこちらに突き出してきて、その手と何度かハイタッチした。開いた手の向こう側にあった彼女の顔は、笑顔なのか、寂しいのか、ちょうどその中間くらいの、くしゃっとした表情をしていた。

かなりアルコールが残っていたから塩分が欲しくなって、大久保通りのセブンイレブンでカップ麺を買って家に帰った。お湯を入れたカップ麺をデスクトップPCの前に置いて、彼女が働いている風俗店のプロフィールページを開いた。

[名前] ゆら
[3サイズ] T：162　B：84(D)　W：56　H：83
[年齢] 23歳
[性感帯] お尻
[好きな食べ物] ラーメン
[趣味] 読書、AV鑑賞
[将来の夢] ありません
[得意なプレイ] 教えてください
[タバコ] 吸いません

［タトゥー］ありません
［S度・M度］0％・100％

プロフィールの顔写真にはモザイクがかかっていた。モザイクからはみ出た輪郭の形や、色の白い肌、ブルーブラックのロングヘアから、モザイクの向こう側の彼女の顔や表情がありありと浮かんできた。プロフィールの一番下に『▼体験動画を見る』というバナーがあったのでクリックすると、風俗情報サイトに掲載されている彼女のプレイ動画に飛んだ。20分近くあるその動画を見ていたら、カップ麺を口に運ぶ手が止まって、いつの間にか言葉を失うような気持ちになっていた。

プレイ動画の中の彼女がしていたセックスは、さっきまで僕が自宅で彼女としていたセックスと完全に同じだった。


「お尻を揉んでください」

「ゔゔうっ、ゔうっ」

「後ろからしてほしい」

「やめて……、本当にやめて……」

「上手なんですね。力加減がすごく良かった」


動画の中の彼女がするプレイの内容、表情、相手の男にかける言葉、その全てがさっき自宅でした彼女とのセックスと同じだった。得体の知れない何かが喉に詰まったような息苦しさを覚えた。

ショック、を受けているのだと思った。どうして自分がそんな気持ちになったのか考えてみると、セックスというものは、自分にだけ見せてくれるその人の姿だ、と暗に思い込んでいる自分がいることに気がついた。

彼女のプレイ動画を見たことによって、そうした幻想が打ち砕かれたのだ。彼女はセックスで僕にしか見せない姿を見せてくれたのではなく、動画として世界中に公開されてる姿を僕の前でも見せていただけに過ぎなかった。

動画を見ていたら、彼女が何をしているのか急に気になってきた。何を呟いているのかを見ようと彼女の日常用の Twitter アカウントを覗くと、10分ほど前に、黒いスープの醤油ラーメンが真上から無機質に撮られた写真がツイートされていた。高円寺に着いてから、どこかのラーメン屋さんでラーメンを食べているようだった。その写真を見ながら、また彼女に会いたいな、と思った。

◇

「よかったら、明日飲みましょ！」

風俗店のホームページの出勤時間を確認して、彼女の出勤がない日の前日にＬＩＮＥをすると、その日は予定があって無理、と言われた。風俗店の出勤がない日を狙って連絡をするというのは安直な考えだったな、と思った。

「今週は空いてる日がないから店番の日に飲みに来て！」

と言われたので、彼女がゴールデン街の店番をしている日に会いに行くことにした。

金曜日の22時過ぎ。彼女が店番をしているお店に入った。薄暗い店内の、Ｌ字型のカウンターの中に彼女が立っていた。先客は一人だけいた。40歳くらいの、店内でも麦わら帽子を被っている茶色い縁の丸眼鏡をかけた男だった。僕が店に入ると麦わら帽子の男がこちらを向いて、

「あれ？　どこかで見たことある顔かな〜って思ったけど、よく見たらどこでも見たことのない顔だっけ！」

と言っていきなり爆笑しはじめた。何が面白いのか全くわからない失礼な振る舞いだと思ったけど、カウンターの中の彼女も笑っていて、こんなつまらないことで笑うんだ、と思った。麦わら帽子の男と一つ席を離して座ってウーロンハイを頼むと、

「このまえ、ゴールデン街で開かれた街コンに行ったんですけど、誰ともメールアドレスを交換できなかったんですよねぇ。アドレスってどうやったら交換できるんですかねぇ」

麦わら帽子の男が目の前にある氷しか入っていないグラスを見つめながら話しはじめた。

その男の視線からは、カウンターの中の古澤さんに向かって喋っているのか、僕に向かって喋っているのか、よくわからなかった。

「メールアドレスっていうより、ＳＮＳのアカウント聞けばよくないですか？　そしたらＤＭできるじゃないですか」

古澤さんが返事をしなかったので僕がその男にアドバイスをすると、

「そっか！　そっか！　ＳＮＳのアカウント聞けばよいのか。最近の若い人はそうしてるのかぁ。なるほど」

麦わら帽子の男は納得したような顔をして、グラスを口に運んだ。酒が入ってないから、カラカラと氷の音が鳴り響くだけだった。グラスを置くと、麦わら帽子の男がまた口を開いた。

「でも俺、ＳＮＳやってないからなぁ。どうやったら女の人とメールアドレスって交換できるんだろうなぁ。聞き方がわからなくて」

麦わら帽子の男の疑問は元の形に戻った。本当に解決を志向しているわけではなく、うだうだと悩みを口にしたいだけのようだった。これ以上まともにアドバイスをするのはやめようと思い、静かに酒を飲むことにした。

「爪、可愛いね」

しばらくの沈黙のあと、ふいに麦わら帽子の男が古澤さんの方を見ながら言った。

「えっ、ありがとうございます」

古澤さんが麦わら帽子の男に向かって上目遣いで照れるように笑った。まんざらでもないような表情だった。確かに、その言葉を端から聞いていた僕も少しドキッとしてしまうような、さりげない言い方だった。麦わら帽子の男は氷だけしか入っていないグラスをカラカラと鳴らしながら飲むと、

「爪っ！　可愛いっ！」

もう一度、彼女の爪を褒めた。

「あぁ、ありがとうございます」

さっきよりも彼女の笑顔は減ったが、それでもやはり嬉しそうだった。

「いやぁ、本当に爪が可愛いわ。そんな可愛い爪、見たことがない」

「いや、まじまじ。まじで爪が可愛いよ！」

「そんな水色、見たことないもんなぁ。本当に爪が綺麗っ！」

味を占めたのか、麦わら帽子の男が彼女の爪を執拗に褒め続けた。一つ褒めるごとに、彼女の表情はどんどんと不安げなものに移り変わって、助けを求めるように僕の方に目配せするようになった。

もしかしたら麦わら帽子の男は彼女のことを口説いているのかもしれなかった。が、あまりにも下手すぎて口説いているのかすらわからなかった。その男がまた氷だけしか入っ

ていないグラスをカラカラと鳴らしながら飲んで、

「本当に爪が可愛いっ！」

と言ったところで、

「まるで、爪だけが可愛いみたいですね」

と僕が言うと、ストレスを弾き飛ばすように彼女は笑った。麦わら帽子の男もでへでへ笑った。二人が笑ってるのを見て、僕も笑った。自分で笑っていて、嫌な笑いだと思った。女の人のメールアドレスも聞けなくて、目の前の人を口説くのも下手なこの麦わら帽子の男は、同じカウンターで飲んでいる僕が彼女とセックスをしたことがあると知ったらどんな顔をするだろうか。

心の中でそんなことを思いながら、僕はその男のことを茶化して笑ったのだ。偶々1回セックスをしただけのくせに、まるで自分には口説く力があって狙い通りにセックスができたかのような気持ちになりはじめていることが嫌になってきた。セックスをしただけで彼女から神のように扱われるのを毛嫌いしていた自分が、その男の前ではまるで自分がセックスをしただけで神にでもなったかのような傲慢な気持ちになっていた。

「お会計お願いします」

23時を過ぎたころ、帰ることにした。店を出て家に帰ろうとすると、ＬＩＮＥの通知音が鳴った。スマホのホーム画面に、「凪のラーメン食べいこうよ」というメッセージが表示されていた。古澤さんからだった。

「今日？」

「うん、0時には店閉めるから」

「じゃあ、別の店に入ってるから終わったら連絡して」

別の店で1時間ほど飲んで待っていると、0時を過ぎた頃にＬＩＮＥ通知が鳴った。

「店終わった」

「どこ集合にする？」

「まだ閉め作業ある。段ボールたくさんあるから片付けるの手伝ってｗ」

彼女が店番をしていた店に戻ると、外の看板の明かりが消えていて、ドアが閉まっていた。ドアをノックしてから開けると、椅子に腰かけた彼女がカウンターに伝票を広げて、売上の計算をしていた。

「今日、段ボールいっぱいあるから捨てるの手伝って。あと、洗い物もしてくれると嬉しい。カウンターの一番奥の席の下をくぐるとカウンターの中に入れるから」

彼女に言われるがままにカウンターの中に入ると、シンクの中に洗っていないグラスが7、8個置いてあった。グラス用のスポンジでグラスを洗って水切りかごに入れて、彼女の伝票整理が終わったところで、吉本興業東京本社前にある組合のゴミ置き場に一緒に段ボールを捨てに行った。全ての閉め作業が終わったところで、彼女が行きたいと言ったゴールデン街G2通りにある「すごい煮干ラーメン凪」に行くことにした。

急角度の上り階段はラーメン屋とは思えないおどろおどろしい赤色のライトで照らされていた。狭い階段を上ってゆくと、四方の壁には遊泳する煮干しの絵が大量に描かれていて、階段を取り巻く空間はさながら血の海のようだった。

2階に上がってすぐ右にある券売機で、彼女は煮干しラーメンを、僕は煮干しラーメンと漁師飯を頼んだ。カウンターに座ってしばらく待つと、まずは煮干しラーメンが提供された。割箸を取って彼女に渡そうとすると、「ちょっと待って」と言って、彼女は煮干しラーメンの写真を真上から撮ってしばらくの間スマホをいじり、「ありがと」と割箸を手にとって食べはじめた。

煮干しラーメンは、煮干しの粉末の浮いた茶色くてどろどろしたスープの中に、割箸ほどの太さのちぢれ麺と、麺の横幅が5センチほどある幅広の麺、四角く切られたねぎ、煮干し1匹、その上に辛そうな赤色のタレがかかっていた。特に会話をすることもなくラーメンを食べることに集中していると、

「ディープキスしてるみたい……」

ふいに口をもぐもぐ動かしながら彼女が言い出した。「なにが?」と聞くと、「これ」と言いながら、スープの中から幅広の麺を箸で持ち上げた。

「こちら漁師飯です。お好みでラーメンのスープおかけください」

彼女との会話を遮るように、カウンターから漁師飯が提供された。

漁師飯は、白いご飯の上に、煮干しの入った味噌と、小さくちぎられた海苔、それから鰹節が載っていた。まずは漁師飯だけを単品で食べると、煮干し味噌や海苔や鰹節の味が輪郭を伴いながら別々に口の中に拡がった。

今度は店員の人が言った通りに、漁師飯を蓮華の上に載せてラーメンのスープにつけて食べると、煮干し入りの味噌がラーメンのスープに溶けて、海苔と鰹節の旨味もスープの中に拡がり、それまで独立していた個々の味の輪郭が崩れて複数の味が重なりながらも調和した一つの味になって美味しかった。味の変化の感動と美味しさの感動が同時に口の中にやって来た。半分ほど食べたところで「食べる？」と彼女に聞くと、

「なんで？」

と言われた。

「なんでって、美味しいから食べないかなと思って」

「口説いてんの？」

上瞼を平にしながら睨みつけるように彼女が言ってきた。純粋に美味しいものを共有したいという気持ちを、口説いてるか否かで判断してくる人は苦手だ。「いらないならいいよ」と言うと、「じゃあ貰う」と言って、彼女は漁師飯を単体で食べはじめた。スープにつけ

て食べるとまるで味が変わってしまうことを伝えたくて、

「スープにつけて食べてみてよ」

と言うと、彼女が蓮華の上に漁師飯を載せて、スープにつけて食べた。

「スープつけるとめっちゃ美味しくない？　セックスみたいじゃない？」

周りの客に聞こえないように小さな声で聞いてみると、彼女は空になった蓮華を振りかざしながら、

「うーん、セックスゥ〜ッ！！！」

と大きな声を出した。周りからバカみたいな会話をしてると思われそうだったけど、漁師飯をラーメンのスープにつけて食べるのはセックスみたいだということが伝わったのは、嬉しかった。

「次来たら、絶対に漁師飯たのむわ」

残りの全部をあげるなんて言ってないのに、彼女は漁師飯の茶碗を自分の席の前に置くと、「ねぇ、聞いて」と喋りはじめた。

「私、自分の小説が書きたい。私小説っていうの？　私の人生、絶対に面白いから」

ラーメンのスープの中から麺を掬《すく》いながらそう言って、ずずずっ、と彼女は麺を啜《すす》りはじめた。急に人生の話をしはじめたから、きっと彼女にとって重要な話なのだと思った。

彼女が次の言葉を口にしたときに自分が麺を啜っていたら彼女の言葉が聞こえなくなり

そうだから、彼女の口から次の言葉が出てくる前に急いで自分も麺を啜った。それから、自分の咀嚼《そしゃく》音が内側から鼓膜を揺らさないよう静かに麺を噛みながら耳を澄まして、彼女の次の言葉を待った。彼女は麺を飲み込んでから少しだけ水を飲み、口を開いた。

「でも、私小説みたいな重い内容の文章はお客さんの見えるところでは書かない方がいいってお店のスタッフの人に言われてて。そういう文章は書いてもお客さんが増えるわけじゃないし。というか、どちらかというとお客さんがドン引きして来なくなっちゃうから。でも、スタッフの人にそんなの書くなって言われてたら、なんか、自分が何を書きたいのかもわかんなくなっちゃって」

彼女の言葉を聞いていると、彼女に投げかけたい言葉がたくさん頭によぎった。別に、私小説は人生が面白いから書けるわけではないと思うし、お店のスタッフの人にそういう文章を書くなと注意されるのであれば、わざわざスタッフの人が見えるところで文章を書かなければよいだけの話だ。

でも、彼女が求めているのはそういう言葉ではないように思った。自分の人生や周囲の人間という、自分に極めて近い現実に強く依存している彼女が求めているのは、そうした現実に依存したままに文章を書くにはどうしたらいいかということだと思った。

「音楽とか絵とかと違って、文章は誰でも書くことができるから、他人の文章についてとやかく口を挟んでくる人はいっぱいいるけど、すべてを真に受ける必要はないと思うよ。

自分が書いた文章に対して感想を言ってくれる人との関係って普通の人間関係と何ら変わりなくて、こっちのことを考えてくれているようでただ自分の価値観を押しつけて制約を加えようとしてくる人もいれば、こっちの考えや価値観を深く受け止めてくれたうえで世界を広げてくれるようなコメントをしてくれる人もいるからね。不特定多数の人に発信する文章であっても、近くに自分の文章をしっかり読んでくれる特定の人は絶対にいた方がいいから、そういう人を見つけられるといいね」

彼女にそう伝えた。「うん、そうだね。ありがとう」と素直にお礼を言ってくれた彼女の声を聴きながら、そこまで言っておいて自分がなぜ「僕があなたの文章を書くのを手伝うよ」と彼女に言えないのかを考えていた。それは、彼女と既にセックスをしていたからだと思った。文章を書くことを手伝うことは、自分にとって相手の何かを侵害したり制限したりせずに他人を手助けできる行為だと思う。

でも、セックスをした人に対してはそうは思えなくなる。セックスをしてしまったら、互いに何かを侵害して制限し合う関係になってしまうような気がする。自分の中に、文章を書くことに対する過剰な期待があるのかもしれないし、セックスに対する過剰な不安があるのかもしれなかった。

「あのさ、古澤さんのセックスって、私小説みたいだよね？　このまえ、古澤さんのプレイ動画を家で見たんだけど、僕と家でしたセックスと、動画の中の古澤さんのセックスが、ほとんど変わりなかったように見えて。プライベートのその人の振る舞いと表現物が近いのって、私小説みたいだな、って思ったんだけど」

彼女がラーメンを咀嚼し終えそうなタイミングを見計らって、前々から思っていたことを聞いてみた。

「うん。他の女の子は動画の中と外で結構変わる子もいるけど、私は変わらないから、そうなのかも」

彼女のセックスが私小説のようなものだという認識が受け入れられただけで、変に安心している自分がいた。私秘的なものがそのまま普遍的なものになってしまう、私小説のようなセックス。自宅でしたセックスと彼女のプレイ動画の中のセックスが同じだったことにショックを受けてしまうような自分には足りないものが、そこにはあるように思った。

初めはなんの理由もなく彼女とセックスをしたのに、いつの間にか、彼女のセックスには自分に足りていないものがあるように思え、そのことにすがりつきたい気持ちになっていた。彼女の体現している価値観に触れたいという気持ちと、彼女とセックスをしたいという気持ちが、ほとんど区別なく自分の中に生じていた。

「今日、古澤さん家に行ってもいい？」

「え、まじ？」

「嫌？」

「嫌じゃないけど。大きい段ボールで廊下が塞がれてるけどいい？　最近、Apexやるためにゲーミング PC買ったんだけど、そのときの大きい段ボールが廊下にそのまま置いてあるんだよね」

「そんなの大丈夫だよ。じゃあ、水飲み終わったら行こ」

二人ともラーメンを食べ終え、彼女は僕から奪った漁師飯も完食し、あとは彼女のグラスに8割ほど水が残っているだけだった。彼女は急いでグラスに手を伸ばし、目を見開きながら水を一気に飲み干した。

「いや、別に急いで飲まなくていいんだけど」

彼女が異様な勢いで水を飲んだことに驚いて言うと、

「なんか置いてかれそうな気がして」

と、真面目な顔で言ってきた。今から彼女の家に連れてってもらうのだから、僕が彼女を置いていくなんてことはあり得ないのに。

おどろおどろしい赤色に照らされた急階段を下りて店を出て、ゴールデン街のアーチ看板をくぐり、花園交番通りに出た。ちょうどタクシーが目の前に来たので捕まえて、高円寺にある彼女の家に向かった。

「本当に大きい段ボールが廊下を塞いでるんだけど、大丈夫？」

走行するタクシーの中でも彼女は段ボールのことをしきりに言ってきた。20分ほどで、彼女の自宅の最寄りのセブンイレブンの前に着いた。2リットルの緑茶のペットボトルを買って、彼女のアパートに向かった。

玄関を開けると、人ひとり歩けるほどの狭い廊下が真っすぐに延びていて、左手にキッチン、右手に洗面所とトイレのドアがあった。廊下の中程には、彼女が言っていた通り、大きな段ボールが立ちはだかっていた。その段ボールを彼女が右手にある洗面所の中に半分ほど強引に押し込んで廊下の先にある正面のドアを開けると、6畳ほどのワンルームの部屋が広がっていた。部屋の左手前には一人用の座椅子があって、座椅子の頭のところに、正方形の透明のパックがいくつも縦に連なったものが掛かっていた。1パックずつ「朝」「夜」という時間帯の書かれたシールと、フルネームの書かれたシールが貼られていて、中にはカプセルの薬が一つずつ入っていた。シールに表記されている名前は、「古澤」とは違う名前だった。

「うわっ、やばい、薬が。あっ、しかも名前が」

彼女は少し焦ったような声を出すと、すぐに何かを諦めたように立ち止まって、「お茶いれてくる」と言って、キッチンの方に向かった。座椅子の向こう側には、床の上に直に薄い布団が敷かれていて、布団の方向を照らすように脚立つきの女優ライトが部屋の真ん中に聳《そび》え立っていた。枕元に、コンセントに繋がれた電マが置いてあるのが気になった。

「電マ、ずっと出しっぱなしなんだね」

紙コップに緑茶を入れて持ってきてくれた彼女に言うと、

「あっ、やばっ。えっ、ってか、電マってしまうもの?」

と言われた。確かに、と思った。どうして自分が無前提に電マをしまうべきものだと思ったのか考えていると、

「というか、その横に落ちてる綿棒の方が気になるわ」

と言って、彼女は電マの隣に落ちてた綿棒を手に取り、部屋の中央、女優ライトのすぐ下に直に置かれた70リットルほどの大きさの透明なゴミ袋の中に綿棒を投げ捨てた。

部屋の右手前には小さなテーブルの上にゲーミングPCが置かれていて、そのすぐ横には小さな棚があって、ウイルスバスターのDVDソフトと、紗倉まな、深田えいみ、戸田真琴のアダルトDVDが立てかけられていた。

Apexをやったことがなかったので、ヘッドフォンをして、ゲーミングPCで一回だけプレイさせてもらった。彼女に操作方法を一通り教えてもらったけどすぐには慣れることができず、すぐに相手プレーヤーに殺されてゲームオーバーになった。ヘッドフォンを外して後ろを振り向くと、布団の上で彼女が体育座りをしながらスマホをいじっていた。

隣に座りにいくと、彼女が全体重をかけてこちらに倒れかかってきてそのままキスをした。彼女はまた思いきり舌を入れてきた。それから、彼女は急ぐように服を脱いで裸になっ

た。僕も、彼女を追うように急いで裸になった。

「お尻を強く握ってください」

乱れた前髪の隙間から真っすぐにこちらを見つめてくるその目は、風俗情報サイトに掲載されていた動画でみた彼女の表情と同じだった。現実の彼女の顔の上に、デスクトップPCの画面に映った彼女の表情が二重写しに見えた。

初めてセックスをしたときは、彼女の目が見つめているのが僕であることに疑いを持つことはなかった。彼女のプレイ動画を見たあととなっては、彼女が真っすぐ見つめている僕の目は彼女のことを撮影するカメラのレンズで、その後ろにはたくさんの視聴者の男がいるように思えた。目の前の人と目が合ったとしても、相手がその先に何を見ているかまではわからない。この前セックスをしたときと同じように、あるいは、動画の中の男優もそうしていたように、彼女のお尻を強く握ると、

「ゔゔうっ、ゔうっ」

前と同じように彼女が呻いた。その声も、デスクトップPCのオーディオから流れてきたザラザラとした彼女の呻き声と重なって聞こえた。お尻の肉を強く握りながらキスをすると、彼女の口の奥の方から温かい吐息が漏れ出てきた。煮干しの匂いがした。さっき食べたばかりの、煮干しラーメンの匂い。匂いはプレイ動画から伝わってこないものだから、彼女の胃から湧き上がってくる煮干しの匂いだけは自分のことだけを見てくれているよう

で、少し安心したように興奮した。

「後ろからしてほしい」

彼女は四つん這いになった。その後ろ姿も、動画で見たものと同じだった。ゴムをつけようとしたけど、男性器は勃たなかった。アルコールのせいなのか、彼女の動画が常に頭の中にちらついて気が散っているからなのか、原因はわからなかったけど、下半身に血が巡っている感覚がなく、どうしても勃つ未来を想像することもできなかった。

「勃たないわ」

四つん這いになった彼女の白い背中に声を落とすように言うと、彼女が四つん這いのまま、こちらに頭が来るように反時計回りに体を回転させて、ふにゃふにゃの男性器を手にとって顔を近づけた。それからしばらく男性器のことを見つめると、彼女が今まで聞いたことのない低い声を出した。

「ここで私が頑張ったら、もう会ってもらえなくなる気がするわ」

彼女は項垂れた。首を折るように頭を布団に突っ伏した彼女の後頭部を見ていると、二重写しに見えていたプレイ動画の映像が消えていることに気づいた。ふにゃふにゃになった男性器を手に持って項垂れる彼女の姿は、プレイ動画の中には現れない彼女の姿で、この世で自分だけが見ている彼女の姿だと思うと愛しかった。

「そんなことで会わなくなったりしないよ。それに、別に射精しなくても大丈夫だから」

「あぁーっ」と唸《うな》るような声を出しながら布団に仰向けに倒れた彼女は、天井を睨みながら口元に力を入れて不満げな顔をしばらく続けた。それから目を瞑《つむ》ると、だんだんと口が開いてきて、そのまま寝てしまった。裸のまま寝る彼女に掛け布団をかけて、僕も彼女の隣に寝そべった。すぐ隣から響いてくる彼女のいびきを耳にしながら、眠気が来るまでスマホで彼女のTwitterアカウントを覗いて時間を潰すことにした。風俗の営業用のアカウントでツイートされていたシティヘブンの写メ日記のリンクに飛ぶと、彼女の下着姿の写真が出てきた。その写真の背景に映っている壁や布団をよく見ると、彼女が写メ日記用の写真を撮っている場所が今自分が寝ている布団の上であることに気がついた。そのまま出勤表のページに飛ぶと、明日の夕方から彼女は出勤するようだった。

それから彼女の日常用のアカウントの方を覗くと、ラーメン凪の煮干しラーメンが真上から無機質に撮られた写真がアップされていた。ツイートされた時間を見ると0時58分。煮干しラーメンが提供されてから撮った写真をすぐにツイートしていたようだった。

左腕の痺れで起きると、窓から日が差し込んでいた。左腕の上に少し重なってる彼女に気づかれないように静かに体を起こそうとしたけど、彼女も起きてしまった。彼女が起きてしまったのなら、目が覚めているうちに帰ろうと思って、「午後から用事があるから帰ってもいい？」と聞くと、「わかったぁ」と寝ぼけた声を出して、彼女は目を瞑ったまま立ち上がった。

「大丈夫？　鍵、閉めれる？」

と聞くと、

「閉めれる」

と言うので玄関の方に向かうと、「今日仕事めんどくさい～」と言いながら、目を瞑ったまま赤ちゃんのように両手を前に出して彼女が後ろをついてきた。廊下に半分だけ飛び出していた大きな段ボールに左脚をぶつけて転びそうになりながらも、なんとか彼女が玄関の前まで来てくれた。

「泊めてくれてありがとう。仕事頑張ってね」

玄関の外に出てそう言うと、

「おやすみ～」

閉まるドアの隙間から彼女の声が聞こえて、バタンッ、とドアが閉まった。ガチャッ、と鍵が閉まる音を聞いてから、高円寺駅まで歩いて、総武線で大久保駅まで帰った。

◇

「泊めてくれてありがとう、また飲もうね」

その日の夜、彼女にＬＩＮＥを送った。しばらくしても既読はつかなかった。翌日、翌々日もＬＩＮＥのトーク画面を確認したけれど、変わらず既読がつくことはなかった。

どうしたのだろう、と思って彼女の風俗の営業用のTwitterアカウントを覗くと、ブロックされていて見ることができなかった。彼女が最初にＤＭを送ってきた日常用のアカウントの方も覗いてみると、そちらもブロックされていて見ることができなかった。別のTwitterアカウントにログインして彼女のアカウントを見ると、風俗の営業用のアカウントはいつもと変わらず平常運転で、日常用のアカウントの方は、一緒に食べたラーメン凪の煮干しラーメンの写真で更新が止まったままだった。

それから毎日、ＬＩＮＥの既読がつかないことを確認しては彼女のTwitterアカウントを覗くことを繰り返した。日常用のアカウントに更新があったのは、最後に会った日のちょうど1週間後だった。彼女のゴールデン街の店番終わりの時間である土曜日の1時12分に、1枚の写真がツイートされた。真上から無機質に撮影された、ラーメン凪の煮干しラーメンと、漁師飯の写真だった。

「セックスをする理由がわからないの」とあの子は言った

「聖地巡礼系YouTuber海さんにフォローされました」

日曜の朝5時過ぎだった。ゴールデン街の朝方まで営業しているお店でお酒を飲んだ帰り道。Twitterのアプリを開くと、聖地巡礼系YouTuberの海ちゃんからのフォロー通知が届いていた。

海ちゃんは1年ほど前から視聴していたYouTuberの女性で、様々な小説の舞台となった聖地を訪れ、自身の聖地巡礼している動画にアフレコで解説を入れて配信する人だった。小説を題材にしているからと言って堅い感じはなく、旅行する人が旅行雑誌を見るような俗っぽさで小説が日常に馴染んでいるところが面白く、気づけば視聴するようになっていた。コメントも一切せず、ひっそりと動画を視聴していたから、まさか海ちゃんからTwitterのフォロー通知が来るとは思いもしなかった。

「海ちゃんからフォローが届いた！　いつも動画を見ていたから、まさかTwitterフォローしてくれるとは！　感激です！」

酔っぱらって理性の薄れた脳はそのままTwitterと繋がり、感情のままに親指を動かしてツイートを送信した。それから歌舞伎町のホテル街を抜けて新大久保にある自宅まで歩いて帰り、すぐにベッドに飛び込んで眠りに落ちた。

「動画見てくれてるんですね！　ありがとうございます。昨日ゴールデン街の月に吠えるに飲みに行ったときに、店番の男の人から山下さんのこと教えてもらって、先ほど、ご著書の『昼休み、ピンクサロンに走り出していた』を購入しました」

夕方に起床してスマホを確認すると、海ちゃんからTwitterのリプライが届いていた。そのツイート内容からするに、土曜の深夜に海ちゃんが「月に吠える」に飲みに来ていたようだった。

2022年の8月から、週に一度、金曜日の24時から朝方までゴールデン街のプチ文壇バー「月に吠える」というお店で店番をやらせてもらうようになった。集英社の「よみタイ」というウェブサイトで『シン・ゴールデン街物語』というタイトルのゴールデン街がテーマの連載を2022年の9月から開始させてもらったのだが、その1話目である、ボブカットの美女に一言目で「抱いていい？」と言われた話の舞台が「月に吠える」だった。その記事が掲載される2か月前の7月、オーナーの肥沼和之さんに文章の許可取りの連絡をした際、「よかったら一緒に飲みましょう」と誘ってくれ、「ねこ膳」というゴールデン街近くの定食酒場で一緒に飲むことになった。そこで連載のネタ集めの意味も含めて「お店で働かせてくれませんか」とお願いをしてみたところ、金曜日の24時から朝方までのシフトを譲ってもらったのだった。

海ちゃんが「月に吠える」に訪れた土曜日は、中澤雄介くんという、ゴールデン街での店番歴10年目の、僕より一つ年下の29歳の無職の男の子が店番の日だった。連載の1話目に出てきた、小太りで、海藻のような髪が肩まで伸び、目深に被った黒いキャップの下から女性器を水平にしたような横長の目を覗かせる、奇妙な男だ。海ちゃんがお店にやってきた日はたまたま、僕は前日の店番の日に忘れていたスマホの充電器を取りに一瞬だけ「月に吠える」に顔を出していた。そのときに海ちゃんが客席にいて、僕が去ったあとに中澤雄介くんが僕のことを紹介してくれたようだった。確かに、店に顔を出したときに黒髪ショートヘアの女性が一人だけカウンター席にいた記憶はあるが、その女性が入口の方に背を向ける席に座っていたから、それが海ちゃんだとは気づかなかった。

海ちゃんからのリプライを見てすぐに、中澤雄介くんにＬＩＮＥを送った。

「昨日、店に YouTuber の女の人来てた?」

「わからん」

「店番の男の人が僕のこと紹介してくれたって言ってるんだけど、中澤くんが紹介してくれたんじゃないの?」

「あぁ、そうかも。ごめん、酔っててあんま記憶ない」

「そっか。紹介してくれたならありがとう」

中澤雄介くんはいつもこんな調子だ。店番をしてても自分が誰と何を喋っていたのかほとんど記憶を持っていない。酔っぱらったままに店番に入って、朝方に「店番してた記憶ないわ」と、お店のグループラインに送ってきたこともあるくらいだ。アプリをLINEから Twitter に切り替えて、海ちゃんにリプライを打ち込んだ。

「わざわざ本まで買って頂きありがとうございます。またゴールデン街でお会いした際は、ぜひ一杯奢らせてください！」

海ちゃんと二人で会ってみたい気持ちもあったけど、プライベートでどんな人なのかわからず、いきなり Twitter のDMを送っていいものか判断がつかなかった。だから、もしゴールデン街で会うことがあれば奢らせてください、とリプライを送るだけにした。

◇

「山下さん、ピンクサロンの本、読みましたよ」

海ちゃんが目の前に現れたのは、Twitter のフォロー通知が来た日から2か月後のことだった。

11月4日の金曜日。24時から店番交代のために「月に吠える」のカウンターに入ると、

8席あるカウンターの一番入口に近い席から女性の声がした。声のした方を見ると、黒髪ショートヘアの、見覚えのある顔の女性がいた。海ちゃんだった。いつも見ていたYouTube動画の中の人が目の前でお酒を飲んでいることに不思議さを覚えた。海ちゃんは黒いキャップを被っていて一瞥しただけではっきりと顔が見えなかったから、話しかけられるまで海ちゃんだとは気づかなかった。

「あ、ほんとに僕の本を読んでくれたんですね。ありがとうございます」

「はい、今日は山下さんに話したいことがあって来ました」

僕が海ちゃんに言葉を投げると、僕の言葉に対する反応が海ちゃんから返ってくる。ただそれだけのことがどこか不思議で新鮮だった。いつもは一人で動く海ちゃんをPCの画面越しに眺めているだけで、こちらの声が届くことなんてあり得なかったからだ。

「山下さん、ウーロンハイおかわりで。山下さんも一杯どうぞ」

海ちゃんと話そうと思っていたら、カウンターの真ん中の席から声がかかった。亘《わたる》さんという男の人だった。本職がイマイチ何かわからないが、話を聞くに、お笑いや映画の批評を書いたりしているらしいライターで、よくお店に来てくれて、飲み方も綺麗で、金払いもいい人だ。

海ちゃんとの会話を中断して亘さんからグラスを受け取り、「お言葉に甘えて、僕もウーロンハイいただきますね」と、自分のグラスも用意する。しゃがんで足下にある製氷機からグラスいっぱいに氷を入れ、メジャーカップで量ったキンミヤ焼酎45ミリと、ウーロン茶をグラスいっぱいまで注ぎ、マドラーで軽くかき混ぜて「はい、ウーロンハイです」と差し出す。客として飲んでいただけの頃はこうした店番の動きは難しいもののように見えていたが、働きはじめたら案外、小学生でもできるくらいの簡単な動作であることに気がついた。それから奢ってもらった自分の分のウーロンハイを手に持って、「すいません、一杯いただきます」とカウンターの中から乾杯する。

「山下さん、濱口竜介の『偶然と想像』って映画、見たことあります？」

乾杯の流れで会話がはじまる。せっかく海ちゃんが来てくれたのだから海ちゃんと話をしたいと思うのだが、一杯奢ってくれた常連の人の話を無下にするわけにもいかない。

「はい、映画館で見ましたよ」

「3話ある話の中で、どれが一番面白かったですか？」

「1話目ですね。元カノが出てくる話」

「1話目なんすね。僕は3話目が一番好きでした」

「あぁ、同級生かと思って自宅に遊びに行ったら、実は思い違いで知らない人だったと気づいたやつですよね。『偶然と想像』って、人によってどの話が好みか、違いが明確に出るのが面白いですよね」

「そうなんですよね」

「お姉さんは『偶然と想像』って映画見たことありますか？」

亘さんの隣で一見《いちげん》の女性が暇そうに飲んでいたので、話を振ってみた。

「私も見たことあります」

「へー、どの話が好きでした？」

「私は3番目の話が好きでした」

「えー、僕と同じじゃないですか！」同じ話が好きだったことにテンションの上がった亘さんの言葉を皮切りに、亘さんと隣の女性で会話がはじまった。二人とも少し半身気味になって互いの方を向き合う体勢になり、二人の視界から僕の存在感が薄れたと思えたところで、いったんシンクの中に放置していたグラスを洗うことにした。今はあなたたちの会話に入りたくないですよ、とは悟られないように。たまたま洗い物が溜まっていたので洗い物をしますよ、という感じで。働きはじめて3か月もすると、お客さんの会話をある程度コントロールする術も覚えてきた。

ゴールデン街に飲みに来る人はたいてい誰かと話をしたくて飲みに来ているから、隣の人と会話が盛り上がればそれでよい。自分がその二人の会話に入る必要が全くなくなってしまったことを確認できたところで、カウンター内を海ちゃんの前まで移動する。

「ごめん、さっきの話の続きだけど、話したいことって何ですか？」

「山下さんは、風俗嬢の写メ日記ってどういうのが好きでした？」

「えー、なんだろう。起承転結がすごくちゃんとした写メ日記とかは面白かった。あと、知り合いの風俗嬢がタイトル考えるのが面倒くさいからって、写メ日記のタイトルぜんぶAVのタイトルをコピペしてたのが面白かったかな」

「あ〜、なるほど。でも、そんなに起承転結がしっかりしてる写メ日記なんてありますか？」

「すいません、山下さん、同じの二つお願いします」、今度はカウンターの一番奥から声がかかった。角ハイボールを飲んでいるカップルだった。グラスを受け取って角ハイボールを二つ作り、「はい、どうぞ」と渡すと、特に喋りかけられることもなかった。カップルは二人で話したいだけの人が多く、向こうから話しかけられない限りはお酒だけつくって放置してればいいから楽だ。すぐに海ちゃんの前に戻った。

「ごめん、話の途中で」

「あ、そういえば、山下さんっていま何歳なんですか？」

「今年で30歳です。海ちゃんは？」

「26歳です」

「へぇ、誕生日いつなんですか？」

「12月8日なんです」

「あ、じゃあ来月なんですね」

「山下さんはいつなんですか？」

「僕は10月24日です。この前、30歳になったばっか。海ちゃんはもうすぐ27歳なんだね」

「はい」

「そういえば、海ちゃんって普段はなんか仕事してるの？」

「あっ、昼はYouTuberの裏方の仕事してるんですよ。自分のYouTubeは休みの日に撮ってるんです」

「へー、そうなんだ」

「山下さんも昼は働いてるんですよね？」

「この前までシステムエンジニアやってたんだけど、2か月前に辞めちゃって、今ここでしか働いてないんだよね」

「えー、そうなんですね。山下さんって、店番中にお酒飲んでても酔っぱらわないんですか？」

亘さんからもらったウーロンハイを飲みながら話す僕を見て海ちゃんが言った。

「酔っぱらわないですね。海ちゃんは酔いやすいの？」

「酔っぱらうときは酔っぱらっちゃいますね」

「どういう酔い方するタイプ？」

「酔うと人の腕とか噛んじゃうので、それで引かれちゃうんですよね～」

「え、人の腕を噛むの？」

「そうなんです。じゃ、私そろそろ帰るので、お会計お願いします」

もう帰っちゃうのか、と思いながら、手元の伝票の束から海ちゃんの伝票を探す。チャージ料が800円と、1杯700円のウーロンハイが2杯で、合計2200円。

「2200円です」

海ちゃんから3000円を受け取って、800円のお釣りを返す。

「今日はありがとうございました、また来ますね」

「こちらこそありがとうございます。行ってらっしゃい」

お客さんが帰るとき「行ってらっしゃい」と声を掛けるのは、店番の研修のときに中澤雄介くんから教えてもらったことだ。300店舗近くあるゴールデン街ではお客さんは飲み屋を梯子するのが当たり前だから、「おやすみなさい」ではなく「行ってらっしゃい」とお客さんを見送る文化があるようなのだ。

ドア越しに海ちゃんの姿が見えなくなったところでスマホを確認すると、25時を過ぎていた。1時間以上滞在してくれていても、他の人のお酒を作ったり話しかけられたりしていたから、海ちゃんと会話らしい会話ができた時間は10分にも満たなかった。

グーグルカレンダーのアプリを開いて、さっき教えてもらったばかりの海ちゃんの誕生日を12月8日のところに登録し、Twitter のアプリを開いた。

「店番のときだと話しづらいので、都合が合う日にご飯でも行きませんか？　よかったらＬＩＮＥください」

Twitter のＤＭで海ちゃんにＬＩＮＥのＵＲＬを送った。わざわざ「話したいことがあって来ました」とお店に会いに来てくれたのだから、ご飯に誘っても大丈夫だろう、と思った。それでも誘われて面倒くさいと思われるのではないか、という不安は残った。

海ちゃんからの連絡を待っている間、不安をごまかすようにウーロンハイを飲んで気を大きくして待っていると、店内に流れているＢＧＭの音が一瞬小さくなって、同時にＬＩＮＥの通知音が店中に大きく鳴り響いた。ＢＧＭを流すために Bluetooth で自分のスマホと店のスピーカーを繋いでいたから、ＬＩＮＥの通知音までスピーカーから鳴り響いた。

「わーい、ぜひ！　ご飯行きましょう」

海ちゃんからのＬＩＮＥだった。好意的な連絡が来て安心した。カウンターのお客さん全員がそれぞれ周りの人と喋っていて自分が相手する必要がないことを一応確認して、「海ちゃんはどこか行きたい場所とかありますか？」と文字を打ってＬＩＮＥを送信した。

「え～～全然楽しくないかもしれないこと提案しても良いですか？」

「ぜひ提案してください！」

「私、三鷹に行きたいんです。ワンタンメンを食べたいんですよ。ワンタンメン、食べれます？？？」

「ワンタンメン好きです！」

「職場の営業のおじさんが、三鷹の満月ってお店のワンタンメンがペナペナで美味しいって話をずっとしてたから、それを食べたいんですよ」

◇

次の週。平日の夕方。海ちゃんの仕事終わりに新宿駅の中央線のホームに集合して、三鷹駅へ向かった。

「三鷹駅はね、本屋さんが多いんですよ。駅前に啓文堂書店があるでしょ。有隣堂もあるし。TSUTAYAは朝5時までやってて、お会計がガチャガチャの無人古本屋とかもあるんですよ。あと最近、UNITEって本屋もできて気になってるんです。三鷹は駅周辺に本屋が10店舗以上あって、本好きにはたまらない街なんですよ」

三鷹駅に着くと、ひらいた右の手の平を顔の高さまで上げながら、海ちゃんが三鷹の魅力を説明しはじめた。その手の動きは、YouTubeの動画内で海ちゃんがよくする仕草だった。まるで目の前で動画が再生されているみたいで、相変わらず海ちゃんが目の前にいることに不思議さを覚えた。

退勤ラッシュ時の駅は人で溢れていた。人混みの中を、海ちゃんと横並びに歩いて南口改札を出た。目の前から人が歩いてきてこちらが縦一列で歩いた方がスムーズに歩けるような場面で、海ちゃんは歩くスピードを速くして縦一列になるように僕の目の前を歩いた。前から歩いて来た人とすれ違うと、海ちゃんが今度は歩くスピードをゆるめて、また僕の隣を歩いた。

誰か他人と一緒に道を歩くとき、目の前から来た人とぶつからないようにするために歩くスピードと位置を調整するのは、だいたい僕の役目になることが多かった。歩いているときも周りの状況を見て、いま自分たちが使える道幅はどのくらいあり、どのくらいのスピードの人が前から歩いてきていて、自分たちがどのように歩けば周りの人とぶつからないようになるのかを常に考えながら歩いてしまう。まるで自分の背後にもう一人の自分がいて、歩いている自分のことを常に監視してるみたいな感覚だ。海ちゃんと歩いていると、その役目をするのが海ちゃんになった。海ちゃんの方が、僕よりも広く見渡せるもう一人の自分を背後に持っているみたいだった。

「海ちゃんって、気ぃ遣いな人なんだね」

海ちゃんが隣に戻ってきたタイミングで伝えると、

「なんでですか」

不思議そうな顔で聞いてきた。ちょうど、三鷹駅南口のペデストリアンデッキから地上に降りるためのエスカレーターの前だった。エスカレーターに乗るときも、海ちゃんの方が歩くスピードを速めて、先にエスカレーターに乗った。

「ほら、気ぃ遣いじゃん。いつも誰か他人と歩くとき、周りの状況を見ながらスムーズに歩けるように調整するのは僕の役目になっちゃうんだけど、海ちゃんといると、海ちゃんがその役目をするから」

「そんなところを褒められたのなんて初めてですよ。変わった人ですね」

海ちゃんが笑いながら言った。僕も、他人のそんなところを褒めたのは初めてだった。こんな言い方は変だが、自分の背後にいて自分のことを監視するもう一人の自分も含めて、海ちゃんと仲良くなりたいと思ったのだった。

エスカレーターが地上に着くと、そのままワンタンメン屋さんを目指して三鷹中央通りの商店街を歩いた。道の両脇から、チェーン店の色とりどりの看板がこちらに顔を向けていた。海ちゃんは忙《せわ》しそうに首を左右に振って両脇の看板を交互に眺めながら歩き、街が発するメッセージに反応するように次々に言葉を口にした。

「あっ、マクドナルド!」

「駅前にマクドナルドがあるのいいよね」

「ね、ケンタッキーもある」

「ケンタッキーってよく味わってみると美味しくなくない?」

「えー、美味しいですよ。ファミマだ! 山下さん、コンビニはなにが好きですか? 私は1位がセブンイレブンで、2位はファミマ。3位がローソン」

「うーん、1位はセブンイレブンで、2位はファミマ。3位はローソンかミニストップだけど、どっちが良いか考えたことがないなぁ」

チェーン店の看板を眺めながら歩いていると、四差路の赤信号で止まった。車道を挟んだ対角線上のマンションのような建物の2階にバーミヤンがあり、窓に「ボトルキープできます」と張り紙が貼られているのが気になった。

「見て、バーミヤンにボトルキープできますって書かれてるんだけど。海ちゃん、バーミヤンでボトルキープできるって知ってた？」

「えー、知らなかったです。衝撃的なんですけど」

「ね。バーミヤンでボトルキープして通いはじめたら、なんかもう余生って感じがするよね」

「あはっ、確かに。ちょっと私はまだバーミヤンでボトルキープする勇気はないなぁ」

話をしてる間に信号が青に変わり、歩くのを再開した。左手にフレッシュネスバーガーが見えると、また海ちゃんが口を開いた。

「フレッシュネスバーガー行ったことあるんですけど、もう一回行こうとはならなかったんですよね」

「確かに。僕も数年に一回くらい行くけど、もう一回行こうってなったことないや」

飲食店だらけの商店街を通り過ぎると、不動産、クリーニング屋、学習塾、歯医者、薬局、ゴルフ用品、家具屋、美容院、ジムなどのお店が住宅に挟まれるようにぽつぽつとある通りになり、やがて明かりの少ない住宅街へと入っていった。

「あれ、ワンタンメン屋さん、ここら辺だと思うんだけど」

しばらく住宅街を歩いたところで海ちゃんが立ち止まってスマホの地図を確認すると、「あれ、もう通り過ぎてる！」と大きな声を出した。海ちゃんが「なんか嫌な予感がする」と言いながら来た道を50メートルほど戻るのについてゆくと、

「あった、あはは！　臨時休業！」

海ちゃんが高らかな声で笑った。海ちゃんが笑顔を向けている先を見ると、ワンタンメン屋さんのメニューの書かれた立て看板の上に「本日　臨時休業」と黒の油性ペンで書かれた白い紙が貼られていた。

三鷹に来た一番の目的であったワンタンメン屋さんが臨時休業だったことで笑っている海ちゃんを見て、変に安心している自分がいた。臨時休業というのは、人生で思い通りにならない場面におけるその人の人間性が出てくる瞬間だ。人生で思い通りにならないことがあったとき、人はそのことを自分のせいにするか、他人のせいにするか、はたまた偶然のせいにする。

行きたかったお店が臨時休業だったときに笑う海ちゃんは、偶然のせいにする人なのだ

と思った。自分のせいにする人も、他人のせいにする人も苦手だったから、海ちゃんのその反応を見て安心した。

「どうしよっか」

海ちゃんに声をかけると、

「うーん、ここら辺でちょっと探してみます？」

と言うので、近くの路地に入ってその区画を一周した。住宅街にもぽつぽつと飲食店はあったが、一周してみても入りたくなるお店は見つからなかった。

「このままだと、ボトルキープのあるバーミヤンになっちゃうね」

商店街での会話で一番盛り上がったのがバーミヤンだったからそう言うと、「えっ、バーミヤン行っちゃいます？」と、海ちゃんがまんざらでもない笑顔で言ってきた。

「じゃあ、来た道を戻ってバーミヤンよりも気になる店がなかったら、バーミヤンにしよっか」

500メートルほどの来た道を戻ってみると、バーミヤンを越えるほど気になるお店は見つからず、結局バーミヤンに入ることにした。

席に座ってメニューを眺めていると、バーミヤンにもワンタンメンがあることに気がついた。海老ワンタンメンと、豚ワンタンメンと、台湾ワンタンメンの3種類があった。

「何食べよっか。ここにきてワンタンメン食べる？」

ワンタンメンを食べるのが目的だったので一応聞いてみると、メニュー表を眺めながら海ちゃんが「う〜ん、そうねぇ。ワンタンメンかなぁ」と悩むように頷いた。結局、海ちゃんは海老のワンタンメンを、僕は豚のワンタンメンを頼むことにした。タブレットで注文を送信してしばらくすると、

「あっ、ネコ！」

海ちゃんが叫んだ。海ちゃんの視線の先を見ると、陽気な音楽を流したネコ型のロボットが「今からやってくるにゃ〜ん」と声を発しながらワンタンメンを二つ運んできた。ワンタンメンを受け取って頭を撫でてあげると、「くすぐったいにゃ〜ん。ご注文ありがとにゃ〜ん」と言いながら去っていった。

バーミヤンのワンタンメンを食べてみると、食感がペナペナという感じではなかった。

「バーミヤンのワンタン、ペナペナじゃないんだね」

と言うと、

「うん。でも、これはこれで美味しいの」

海ちゃんは言った。ワンタンメンを食べ終わったあとは、お酒を飲むことにした。海ちゃんはレモンサワーを、僕はバーミヤンハイボールという、紹興酒のハイボールを飲むことにした。

「あの、私、今日は山下さんに聞いてみたいことがあって。高校の頃からの友達が、最近、メンズエステで働きはじめたんですよ。抜きありの」

乾杯をすると、海ちゃんが背筋を伸ばしてやけに畏《かしこ》まった表情で言ってきた。僕が性風俗の体験談の本を出しているからか、改まった感じで女性から風俗店に関する話をされることはたまにある。そういうときは、少し緊張する。たいていは他の人には聞きづらい話であったり、聞いたことがあるとしても好奇の目で見られたりして、まともに話せない思いをしてきた人が多いからだ。真剣に聞きますよということをわかりやすく伝えるために、まるで何の価値観も宿ってないみたいに自分の顔から表情を消して、「うん、そうなんだ」とだけ、海ちゃんに返事をした。

「その友達、最初は、抜き無しのメンズエステで働いてたみたいなんですけど」

「うん」

「そのあと、抜きありのメンズエステで働きはじめて。そしたら、知らない男の人の男性器を触ることに慣れてきて、抵抗感みたいなのがだんだんとなくなってきたみたいで」

「うん」

「それで、その後また抜き無しのメンズエステで働いたんですけど。もう男性器を触ることの抵抗がなくなったから、その部分も普通に触るようになった、って言ってて」

「うん」

「そしたら、ただそれだけで本指名のお客さんが増えたんですって。なんか、男の人ってそんなもんなんだ、と思って」

「うん」

「やっぱ、男の人ってそれだけで特別だと思ったりするもんなんですか？」

抜き無しのメンズエステで男性器を触られる。本当にただそれだけの単純なことで、興奮して身体が反応してしまうということはどうしようもなくある。でも、それはあくまで生理的な反応にすぎないのであって、「そんなもんなんだ」という一言で片付けられるほど単純ではない自分がいることも本当のことだった。海ちゃんに「そんなもんなんだ」とは思われたくなかったから、

「うーん、それは人によるんじゃない？」

と返事をすると、

「まぁそうですよね。人によりますよね」

と海ちゃんが言って、しばらくの沈黙のあと続けた。

「あんまり男の人に聞けなかった話なので、この話ができてよかったです。だからと言って、なにか言ってほしいとかではないんですけど」

「そっか。友達がしてても、海ちゃんはそういう仕事はしようと思ったことないの」

「私は今のところないですね。粘膜接触は好きな人とがいいな、って思うので」

「すいません、そろそろ閉店時刻になりますので……」会話に集中していたら、店員の人が声をかけてきた。気づけば、閉店時刻の23時30分になっていた。

帰りは総武線の電車で帰ることにした。海ちゃんは乗り換えのために新宿駅、僕は自宅最寄りの大久保駅が降車駅だった。

「ありがとう、今日はすごく楽しかったです」

電車が大久保駅に到着してドアが開いたところで、お別れの挨拶をした。海ちゃんとは三鷹の街を歩き、ご飯を食べただけだった。ただそれだけで楽しかった。ただそれだけで楽しいと思える人と出会えるのは人生では滅多に訪れないことだから、しっかりお礼を口にしようと思った。

お礼を言ってからホームに片足を踏み出すと、海ちゃんが僕の腕を急に手に取って上に突き上げた。コートとシャツの袖が肩の方に引っ張られて、僕の手首が顕わになった。海ちゃんが僕の腕を口元に運ぶと、顕わになった手首に思いっきり噛みついてきた。手首に強烈な痛みが走った。3〜4秒ほどかけて歯ぎしりするように手首を噛んできたから、海ちゃんの歯の感触で自分の手首の骨の輪郭が伝わってくるほどだった。

「2番線、ドアが閉まります。ご注意ください」

アナウンスの声が聞こえて海ちゃんが僕の手首から顔を離したところでホームに降りた。

閉まったドアの窓越しに、海ちゃんが僕のことをじっと見つめてきた。電車が発車して海ちゃんの姿が見えなくなるまで手を振り、それから噛まれた手首を確認すると、上顎と下顎で6本ずつ歯形の窪みができていて、その窪みの周りに付着した唾液が、駅のホームの蛍光灯の光を反射させながらキラキラと光っていた。

◇

2022年12月7日水曜日の20時30分。集英社のウェブサイト「よみタイ」の連載『シン・ゴールデン街物語』で、「彼女が僕としたセックスは動画の中と完全に同じだった」というタイトルの文章が公開された。突然DMを送ってきた風俗嬢とゴールデン街で飲んだあとに自宅でセックスをする話で、実体験をベースにして書いたフィクションだった。記事が公開された直後は、どうしても反響が気になった。自宅のデスクトップPCの前に座り、Twitterの検索窓に記事のURLを打ち込んで記事について言及しているツイートを検索したり、はてなブックマークでコメントがついてゆくのを眺めていると、公開してから1時間経ったころにLINE通知が鳴った。

「連載の記事、良かったです!!!」

海ちゃんからだった。「ありがとう!」と返信をすると、「よかったら、また飲みましょう」と言ってくれた。ＬＩＮＥが来たら急に海ちゃんのことが気にかかってしまったので、デスクトップＰＣでYouTubeを開いて、海ちゃんのYouTubeチャンネルのホーム画面に飛んだ。動画の一覧ページを見ると、『**【聖地巡礼】**川端康成『伊豆の踊子』の聖地があまりに良すぎたの…』という最新動画がアップされていたので、クリックした。

「こんにちは。海です」

本棚と一体型の机の前に座って、ひらいた右の手の平を顔の高さまで上げた海ちゃんが画面に映った。なぜか机の上にはポンカンが３つ置いてあった。

「皆さん、２０２２年最後の旅行はどこにしようとかって考えますか？　私はね〜、どこ行こうか迷っちゃうんだよね。早めに行かないと年内に編集して動画アップするのも間に合わなくなっちゃうから、迷ってる暇なんてないんですけどね。でも私、計画的に動くのとか苦手だから、もしかしたら今回のこの動画が２０２２年の旅納めになってしまうかもしれません」

動画の中の海ちゃんがそう言うと、本棚に手を伸ばして、文庫本を1冊引っ張り出した。海ちゃんが引っ張り出した本のすぐ近くに並んでいる本の背表紙をよく見ると、画質が粗くなっていて見えづらかったけど、『昼休み、またピンクサロンに走り出していた』が本棚の中に置かれていることに気がついた。本当に読んでくれたのだな、と思った。

「今回の聖地巡礼旅はね、こちらの小説なんです。じゃじゃん！って言っても、動画のタイトルでもうネタバレしてると思いますけど、川端康成の『伊豆の踊子』の聖地巡礼に行ってきました。『伊豆の踊子』は最近、新潮文庫で新装版が出たんですよね。私は旧装版になったこっちの踊子の後ろ姿が写った表紙の方が好きなんですけど。まぁ、そんなことはさておき。皆さんきっと『伊豆の踊子』は知ってますよね。あまりにも有名すぎて私が説明するまでもないとは思うんですけど、川端康成の初期の代表作の短編で、19歳の頃の実体験を基に書かれたそうなんです。今回は、この『伊豆の踊子』に出てくる聖地を巡礼してきたんです。ということで、伊豆に行ってきた動画を今から流しますね〜、どうぞ！」

ＪＲ東京駅のホームで電車を待ちながら立っている海ちゃんの自撮り映像に画面が切り替わった。

「皆さんこんにちは！　今、私は東京駅にいます。見てください、特急踊り子号が向こうからやって来ましたよ〜！　踊子の絵が車両の先頭に描かれてるんですね、すごーい！今からこれに乗って、伊豆の修善寺まで向かいたいと思います」

海ちゃんが特急踊り子号でお弁当を食べながら終点の修善寺駅まで過ごし、そこから河津駅行きの東海バスに乗って水生地下のバス停で降りて、川端康成が天城越えをした際に使用した旧天城トンネルのある旧国道４１４号線の砂利道を歩く映像が流れていった。旧天城トンネルへ向かう途中の杉の密林を歩いているところで、急に海ちゃんのアフレコが入る。

「道がつづら折りになって、いよいよ天城峠《あまぎとうげ》に近づいたと思う頃、雨脚が杉の密林を白く染めながら、すさまじい早さで麓から私を追ってきた。っていう『伊豆の踊子』の冒頭の一文が、おそらくここら辺の話をしてると思うんですよね～。この日は曇りだから雨が追ってくる感じは想像するしかなかったんですけど、杉の密林って実際に歩いてみると、すごい雰囲気ありますよね」

そのまま歩き続けると今度は、密林の中に旧天城トンネルが現れ、動画の中の海ちゃんが暗いトンネルの中に入ってゆくと、また海ちゃんの声でアフレコが入る。

「暗いトンネルに入ると冷たい雫がぽたぽた落ちていた。南伊豆への出口が前方に小さく明るんでいた。っていう『伊豆の踊子』に出てくる一節が、このトンネルのことなんですけど、今でもトンネルの中はすごく暗くて、ぽたぽたと冷たい雫が落ちてきたんですよね～。何年経っても古びない一節。時間が経っても小説と同じ情景を味わえるって、なんだか不思議ですよね」

旧天城トンネルを通り過ぎた後は、またバスに乗り、川端康成が宿泊した湯ケ野温泉に到着した。それから宿の中の探検と、夕食のシーンがあり、「お休みなさ～い！」と布団に入って就寝すると次の日の朝ご飯のシーンに移った。宿を出た後は南伊豆の下田までバスで移動し、また踊り子号に乗って東京まで帰り、「東京」と書かれたＪＲのホームの駅名標がアップで撮影されて「東京に帰ってきました〜！　やっぱ東京に帰ってくるとホッとしますね」と動画の中の海ちゃんが言ったところで、

「はい、というわけで、今回は川端康成の『伊豆の踊子』の聖地巡礼に行ってきました」

再び、自室で『伊豆の踊子』の文庫本を片手に持った海ちゃんに画面が切り替わった。

「今回も、最後までご視聴ありがとうございました。すいません、私あまり語彙がないから、素晴らしさを伝えられたかわからないんですけど。映像で伝わったかな〜？　実際に聖地巡礼をしてからもう一度『伊豆の踊子』を読み返してみたら、小説を読んでるときに浮かんでくる情景が変わっちゃったんですよね。って言っても、最初に読んだときに自分がどういうの想像してたかなんてもう覚えてないんですけど。なんか、杉の密林の中を歩くときの肌がひんやりとする感じ？とかすごく思い浮かべるようになったんですよね〜。あっ、そうそう、ちなみにこのポンカンはね」

と言うと、机の上に置いてあったポンカンを海ちゃんが一つ左手に持って、続けた。

「動画にはしてないんですけど、帰りに伊豆の下田に行ったはいいものの特にやることなかったから近くにあった道の駅に寄ったら、このポンカンが売ってて。せっかく遠くまで来たし、と思って買ってみたんですよね〜。これから食べたいと思います。ということで、よろしければ高評価、チャンネル登録、コメントのほど、よろしくお願いします。じゃあこれで動画終わりますね、またね〜！」

右手に持った新潮文庫の『伊豆の踊子』を海ちゃんが横に振りながら挨拶をすると、動画が終わり、暗転した画面の上に関連動画がいくつか表示された。

海ちゃんの動画を見終わるとまた手持ち無沙汰になって、自分の連載の記事の反応を眺める作業に戻ると、23時30分に「12月8日 海ちゃんの誕生日」というグーグルカレンダーの30分前のアラートがポップアップで表示された。翌日が海ちゃんの誕生日であることを思い出した。0時を越えて12月8日になったところで、海ちゃんに誕生日おめでとうのLINEスタンプを送ると、

「ありがとうございます!」

とすぐに返事がきた。そのやりとりだけでLINEは終わらせようと思ったら、0時31分に、海ちゃんからYouTube Musicのリンクが送られてきた。スガシカオの『10月のバースデー』という曲だった。僕がつい2か月前の10月に誕生日だったということを気にかけてくれたようだった。お礼に自分の誕生月の曲を贈られるのは初めてであったし、しばらくのあいだ自分のことを考えてくれていたのかと思うと、嬉しかった。

◇

「朝ご飯食べに行きません？」

　連載が更新された週の金曜日。「月に吠える」の店番に立っていると、朝の4時ころに中央の席に座っていた女性から声がかかった。ボトルを入れてよく通っている、早良さんという女性だった。もう何度も店に来てくれているが、いつも隣り合った人と楽しそうに会話をしているから、いくつか言葉のやりとりをした以外にしっかりと会話をしたことはない人だった。確か年齢は僕の二つくらい上で、出版社で営業をやっていて、誰が店番をしてるかに関係なく店によく飲みに来る人だった。だから、そんな風に朝ご飯に誘われるとは思ってもいなかった。

「いいですよ、お客さんいなくなったら行きますか」

　給料は歩合で、お店の閉店時間は自由に任されているから、体力が続けばお客さんがいる限りは営業を続けるようにしていた。この日はお客さん全員が帰ったときには、朝の7時を過ぎていた。早良さんはその1時間前からカウンターに突っ伏して寝てしまっていた。最後のお客さんが店を出てドアを閉めるとその音で起きたようで、

「閉めましょう！　なにか手伝うことありますか？」

　と言ってきた。「何もしなくて大丈夫ですよ」と返事をしてグラスを洗っていると、早良さんがカウンターの中にやってきてホウキと塵取りを手に取り、床の掃き掃除をしはじめた。早良さんは掃除が終わると、カウンターの中に置いてあった燃えるゴミと燃えない

ゴミの袋の口を縛って床に置いた。まだトイレのゴミ箱にペーパータオルのゴミが残っていて、それも燃えるゴミとして捨てなければいけなかったのだが、また朝ご飯を食べて解散してから捨てに来ればいいかと思い、特に何も言わないようにした。

洗い物が終わったあとは、補充する必要のあるお酒の確認をして、店のグループラインに共有。それから売上の計算をして、暖房の電源を切って、外の立て看板を店内に仕舞って店の鍵を閉め、最後にゴミを組合のゴミ置き場に出しにゆく。ゴミを出すときに浴びる朝方の日差しはいつも目に染みる。

「なにか食べたいものあります?」

ゴミを運びながら早良さんに聞くと、「近いとこならどこでもいいですよ」と言うので、ゴールデン街のすぐ裏、靖国通りに面した地下1階にあるガストに行くことにした。

朝方のガストは静かだった。クラシックの音楽と鳥の鳴き声のBGMが流れていた。そのBGMに癒されるようにスーツ姿で寝ている初老の男の人や、黙々と朝食を食べている中年の女の人がいた。奥の空いているテーブル席に座った。テーブルに備え付けられたタブレットでメニューを一通り眺め、早良さんは「よりどりバランス朝定食」を、僕は「朝の目玉焼きカレーセット」を頼んだ。

「山下さんの連載の最新記事を読みました。女性からセックス上手だねって言われて、相性が良かっただけじゃない?って山下さんが返事をするシーンがありましたよね」

注文が届いて一口食べたところで、早良さんが口を開いた。確かに、最新の連載記事の中でそのようなシーンを書いた。

「すごい上手いんだね。力加減が、すごくよかった」

5分ほどベッドの上で死んだように項垂れていた彼女が、呼吸が落ち着いて喋れるようになったところで言ってきた。

「上手くはないと思うけど。相性が良かっただけじゃない？」

「そっか。ねぇ、今日こういう風になるって最初から思ってた？」

「セックスするってこと？　全然思ってなかったよ。なんで？」

「いや、別に」

急にご飯に誘われたので何事かと思ったが、この話がしたくて朝ご飯に誘われたのか、と納得がいった。「はい、そう書きましたね」と返事をする。

「私、むかし仲良かった男の人に、俺のセックスどう？って聞かれて。私たち相性が良いんじゃない？って応えたことがあったんです。そしたら、なんか向こうが思ってた返事と違ったみたいで。それで距離が離れちゃったことがあるんですけど。相性が良いんじゃない？って返事するのって、いいですよね、と思って」

「はい、僕はいいと思いますよ。実際にそう言いますし」

「それで、山下さんの連載の記事を読んだらその話が書いてあったから、それを今日は聞いてみたくて」

「あの文章って、最初は相性だと思っていたものが、なぜか自分の力だと思ってしまったり、相手の力だと思ってしまう、そういう心の揺らぎについて書いたんです。相性がいいって思っても、その考えってずっとは続かないっていうか。そういうことってないですか？」

「何かを自分とか誰かの力のせいだと思いたくなる瞬間ですか？」

「はい、これは自分の力だな、とか、あの人の力だな、とか思ってしまう瞬間が」

「うーん、仕事ですごく怒られたときとか。相性が良いって思ってた上司でも、そういうときはこれって絶対に上司のせいだな〜とか思っちゃいます。あ、すいません、でも、これ話ずれちゃってますよね。恋愛の話じゃないですもんね」

早良さんは苦笑いを浮かべ、真っすぐこちらを見ていた目は伏し目がちになった。

「いや、違う話ではないと思いますよ。誰か特定の人のせいにしてしまうっていうのは、別に恋愛に限った話ではなく、家族でも、友人でも、職場の人でもあることだと思うので」

「ふふっ、でもちょっと話がずれちゃいましたよね。ごめんなさい、気を遣わせちゃって。初めてこの話を人にできて良かったです。山下さんに共感してもらって、自分の考えが間違ってなかったんだなって思えました。ありがとうございます」

そう言うと早良さんは皿の上のサラダにフォークを伸ばし、口に運んだ。会話が終わってしまったな、と思った。

あなたの文章を読みました。聞きたいことがあります。文章を書いてネット上に発表していると、そんな風に話をしたがってご飯に誘ってくる人は少なからずいる。たいてい、自分の言いたいことがあって、それをこちら側に伝えて、肯定してもらいたいだけだ。家の中かどこか一人でスマホ越しに文章を読んで、そのときに思ったこと、考えたことをそのままこちらにぶつけてきて、それ以上の話をすることはしない。会話の範疇《はんちゅう》を自分の中であらかじめ決めてしまっていて、そのレールから逸脱する話をこちらがしても耳に入らなくなっている。文章を書く人間のことを、自分の考えにお墨付きを与えてくれる存在か何かだと勘違いしている。そういう会話をされると、まるで計算ドリルの答え合わせを強制させられるような退屈さを感じる。

「駅まで送ってくれません？」

ガストを後にして靖国通りに出ると、早良さんが言ってきた。新宿駅の入口まで送ることにした。駅の方角へ向かって靖国通りの歩道を渡っていると、途中で早良さんが手を繋いできた。勢い、みたいな感じで。一切の許可も無く。早良さんの顔を見ると、こちらの表情なんてなにも見ていなかった。前の方だけを見て、満足気な表情で握った手を振り子のように振りはじめた。手を勝手に繋がれてこちらが嫌な思いをするかもしれないなんてことは、微塵《みじん》も考えてなさそうだった。

「送ってくれてありがとうございます。今週の日曜日、ご飯いきませんか？」

駅の入口に着くと、早良さんが聞いてきた。

「あっ、すいません、最近、原稿がすごく忙しいんですよね」

明らかな嘘で断った。僕は嘘をつくと顔に出てしまいやすいので普段は嘘をつかないようにしているが、こちらの表情なんて全く見ていない早良さんのような人はどうせそんなことにも気づかないだろうと思った。早良さんとお別れして店に戻り、トイレのゴミ箱に溜まっているペーパータオルをビニール袋に詰め、組合のゴミ置き場に捨てて家に帰った。

◇

朝まで店番をした次の日はだいたい一日が潰れる。店を閉めて、早良さんとガストで朝ご飯を食べて、家に帰ったときにはもう朝の9時を回っていた。そのまま倒れるようにベッドで寝て、17時ころに一度起きた。8時間の睡眠をとっても、徹夜でお酒を飲みながら働いた日の疲れはそれだけでは取れやしない。また寝て、起きて、寝て、起きてを何度か繰り返してスマホの時計を確認したら、24時を過ぎていた。その後も動く気力が湧かずにベッドの上でうだうだしていると、ＬＩＮＥの通知音が鳴った。

「ゴールデン街で飲んでるんですけど、山下さん飲んでたりしませんか?」

海ちゃんからだった。ゴールデン街では飲んでいなかったが家から徒歩10分だったので「30分後くらいに着きます!」と連絡して体を起こし、シャワーを浴びて、ゴールデン街に向かった。

ゴールデン街に着いて「着きました」とLINEを送ると、「もうすぐ今いるお店出ます。どこにいますか?」と海ちゃんから返事が来た。1年以上ゴールデン街で飲んでいると、大体、曜日ごとに誰が店番のどのお店に行くかは決まってくる。土曜日の深夜は中澤雄介くんが「月に吠える」で店番をしていて気を遣わずに飲むことができるから「たぶん月吠えに行く」と海ちゃんに連絡をして、念のため、中澤雄介くんに「二人入れる?」とLINEをすると、「お前、早良さんと手繋いだの?w」と返信が来た。

「なんで知ってるの?」

「山下くんとしかできない話ができたし、山下くんと手も繋いだのー、って早良さんが言ってるよ」

「繋いだというか、勝手に繋がれただけだよ」

「ワロタ」

「早良さんいま店にいるの?」

「いるよ。山下さんと両想い♪とか言ってるから、興味ないなら来ないほうがいいよ」

やっぱり早良さんは何も気づかない人なんだな、と思った。「ごめん、なんか僕と両想いだと勘違いしてる女の人が月吠えにいるみたいだから、他の店にしよっか」

海ちゃんにＬＩＮＥを送ると、

「私、その人見てみたい」

と返事が来た。自分のことを好きだと思っている女の人がいる店に一緒に行くのは海ちゃんの居心地が悪くなることではないか、となんとなく思っていたのだけど、それはこちらの勝手な思い込みのようだった。海ちゃんが行きたいと言うのであれば行けばよいかと思い、結局、海ちゃんと路地で合流して、「月に吠える」のドアを開けた。店内のカウンター８席の全てが埋まっていて、早良さんは一番奥の席に座っていた。

「おう、いらっしゃい。二人とも立ちね」

迎え入れてくれた中澤雄介くんに海ちゃんが「ウーロンハイで」と言ったので、「僕も同じので」と注文をした。早良さんの隣には、確か早良さんの小学校時代からの友達である、翼さんという女の人がいた。僕が店番のときも一度だけ二人で来たことがあったから覚えていた。

「はい、ウーロンハイ」

中澤雄介くんからウーロンハイを受け取って、入口の近くで立った状態で海ちゃんと乾杯してしばらく飲んでいると、早良さんの友達の翼さんがお酒のグラスを手に持って立ち

上がり、奥の席からこちらに向かって歩いてきた。海ちゃんの前で立ち止まると、海ちゃんの頭から足下までを一瞥して、

「えー、なになに？　もしかして山下の彼女!?」

と聞いてきた。

「彼女じゃないです」

海ちゃんが言うと、

「えー、めちゃくちゃ可愛いじゃん。なにしてんの？　大学生？」

「いや、社会人です」

「えー、見えないー！　インスタとかやってないの!?」

「インスタやってますよ」

「交換しよしよ！」

二人がスマホを取り出してインスタグラムのアカウントの交換をしはじめた。

「フォローしたよー。へー、海ちゃんって言うんだ。YouTubeやってるの!?　すごいね。面白そー。チャンネル登録しとくね」

「ありがとうございます」

「えー、今度、海ちゃん飲みとか誘ってもいい？」

「はい、もし私でよければ」

「えー、じゃあLINE交換しようよ」

翼さんは海ちゃんに興味があるわけではないのに、早良さんのために何か探りを入れにきているだけだと思ったので、「そういうのやめなよ」と翼さんに言うと、

「はぁ？　なにお前。私がお前に彼女がいるか本気で知りたいとでも思ってんの？　までやめてくんない。お前にそんな興味ないから。さすがに自惚《うぬぼ》れすぎだろ」

いきなり罵倒してきた。今すぐお店から出ようと思った。

「中澤くん、二人分のお会計お願い」

巻き込んでしまって申し訳ないので海ちゃんの分も一緒に会計をしてもらっていると、

「えっ、ごめん。まじで帰る？　やめてよ。私のせいで帰ったとかにしてほしくないんだけど」

翼さんが服の腕の部分を引っ張ってきたが、振り払ってドアを開けた。

「いってらっしゃい」

中澤雄介くんの声を後頭部で受け止めて、ドアを閉めて出ていった。

「ごめん、海ちゃん。あの人、早良さんって人の小学校からの友達で、海ちゃんに探りみたいなことしてただけだと思う」

「えー、そうなの。私、全然わからなかった。いい人だと思ってたのに」

そう言うと、海ちゃんが店を出てすぐの路上のところにうずくまってしまった。僕も隣

にしゃがむと、海ちゃんが口を開いた。

「でも、気づいてたならその場で言ってくれればよくない？」

「ごめん、その場では言いづらくて。すごい罵倒してきたから」

「そもそも、山下さんはなんで店に私を入れたの？　本当に嫌なら最初に止めればよくない？」

確かに、と思った。僕は、早良さんのことをキモチワルいと思っていた。話を聞いてくれたとかくれないとか、手を繋いだとか繋がないとか、こっちの意志とは関係なく勝手な線引きをして、僕の文章や身体を自分の存在を認めてくれる何かみたいに勝手に用いられたことが、キモチワルいと思った。海ちゃんのような女の人と二人で早良さんが飲んでいるお店に行って、自分が好かれていないことに気づかない早良さんに現実を突きつけるのもよいだろう、と思った部分も正直あった。

「そうだね、ごめんね」と応えると、「でもね」と言って、海ちゃんは続けた。

「なんか共学みたいで楽しかった。私、中学からずっと女子校だったから、こういう共学みたいなノリは初めてで楽しいの。ゴールデン街って、共学の学校みたいなんだね」

そう言って立ち上がると、「あー、感情がすごい動いた。感情が動くのは、いいことなの！私、ラーメン食べいきたい」と言いながら海ちゃんがラーメン凪の方へ歩きはじめたので、ゴールデン街G2通りにあるラーメン凪に行くことにした。

急角度の上り階段はラーメン屋とは思えないおどろおどろしい赤色のライトで照らされていた。狭い階段を上ってゆくと、四方の壁には遊泳する煮干しの絵が大量に描かれていて、階段を取り巻く空間はさながら血の海のようだった。

2階に上がってすぐ右にある券売機で、海ちゃんは煮干しラーメンを、僕は煮干しラーメンと漁師飯を頼んだ。そんなにお腹が空いているわけではなかったけど、もしかしたら僕が連載の最新記事の中でラーメン凪のことを書いたのを読んで海ちゃんが行きたいと思ってくれているのかもしれなかったから、連載記事の内容と被るように、あえて漁師飯を頼むことにした。

カウンターに座ってしばらく待つと、まずは煮干しラーメンが提供された。

「私、凪のラーメン食べるの初めてなんですけど、美味しいんですね！」

煮干しラーメンを一口啜ると、さっきまで路上で落ち込んでいたのが嘘のように、海ちゃんは元気になった。

「こちら漁師飯です。お好みでラーメンのスープおかけください」

カウンターから漁師飯が提供された。3分の1ほど自分で食べてから「漁師飯食べる？」と海ちゃんに聞いてみると、海ちゃんは無言で頷き、蓮華で漁師飯を掬ってそのまま食べた。

「スープにつけて食べてみてよ」

本当にバカバカしいことだが、連載の記事の中で自分が書いた内容と同じことを海ちゃんに言った。海ちゃんがスープにつけて食べると、

「これのどこがセックスなんですか？」

と言ってきた。やっぱり、連載の記事で書いたことを覚えてくれているようだった。

「スープにつけて食べてみてよ」

と言うと、彼女が蓮華の上に漁師飯を載せて、スープにつけて食べた。

「スープつけるとめっちゃ美味しくない？　セックスみたいじゃない？」

周りの客に聞こえないように小さな声で聞いてみると、彼女は空になった蓮華を振りかざしながら、

「うーん、セックスゥ〜ッ！！！」

と大きな声を出した。周りからバカみたいな会話をしてると思われそうだったけど、漁師飯をラーメンのスープにつけて食べるのはセックスみたいだということが伝わったのは、嬉しかった。

連載の記事は実体験の出来事の組み合わせで書いた文章だったが、漁師飯を食べさせて「うーん、セックスゥ〜ッ！！！」と相手の女性に言わせるシーンは、実体験とは全く無

関係に書いた創作の部分だった。

その部分を書いたときに念頭にあったのは、フリーライターの鈴木智彦さんが書いた『サカナとヤクザ』という本だった。『サカナとヤクザ』は、漁業とヤクザの蜜月が描かれたノンフィクション本で、漁業出身のヤクザはいるが、農業出身のヤクザはいない、農業は資本を投じて作物を育てるが、漁業は自然に生息する魚介類を捕獲するから漁業の本質は略奪であり、漁業はヤクザに限りなく近い、という趣旨のことが書かれていた。

ゴールデン街のような酒の場でのワンナイトのセックスも、農業のように育むものではなく、漁業のように生息するものを捕獲する略奪的な性質のものだ。そうした飲みの場でのセックスの漁業的な性格を、ラーメン凪のまさに漁業的な名称のメニューである「漁師飯」と重ね合わせるために、わざわざ漁師飯を食べるシーンで「セックス～！」と相手の女性に言わせるよう、物語を展開させたのだった。そのように小説内の特定のワードに象徴的な意味を付与する狙いがあったことを説明しようかと考えていると、

「私ね、セックスが嫌いなんですよ。苦手なんです。何百回やっても上達しないんです」

と海ちゃんが言って、蓮華を手に持ったままさらに続けた。

「山下さん見てくれたかわからないけど、私、作家の[redacted]さんの『[redacted]』の聖地巡礼動画をあげたことがあるんですよ。そしたら[redacted]さんからTwitterのDMが来て。好きな作家さんだったから嬉しくて一緒に二人で飲みに行ったんですけど、飲んでる

ときにいきなりラブホテルに誘われて。私ホテルとか行かないですよって断ったら、[redacted]さん、急に終電を探しはじめて帰っちゃったんですよ。それがトラウマで。作品が好きで会ったのに、セックスを断ったときに男の人の態度が変わってしまうのが怖いんです」

　簡単に返事のできる話ではなかった。ラーメンに手をつけるのも忘れて僕が黙っていると、海ちゃんはさらにつづけた。

「私ね、自分のためにセックスする人も嫌いだし、他人のためにセックスをする人も嫌いなんです。セックスをする理由がわからないの」

　すごい、と思って言葉を失ってしまった。僕もセックスをする理由がわかっているわけではないが、セックスをする理由がわからないと、こんなにも真っすぐに言うことはできなかった。自分のためでもなく、他人のためでもないセックスというものが、この世にあり得るだろうか。海ちゃんの言葉の嵐に脳の処理が追いつかず言葉を返せずにいると、海ちゃんが漁師飯をまた一口運んで、

「で、これのどこがセックスなんですか？」

　と言ってきた。もう、なにも返す言葉はなかった。「セックスをする理由がわからないの」という人に対して、小説の技巧的な説明なんて何の意味もなさないだろうと思った。「スープつけるとめっちゃ美味しくない？　セックスみたいじゃない？」なんて、セックスのことをさもわかっているかのような文章を書いてしまったことを、恥ずかしく思った。何も

返事をしない僕に海ちゃんは不満げな顔を向けながら、

「これは私が食べるの」

と、漁師飯を自分の方に引き寄せて、茶碗に残っていた漁師飯の全てを食べ尽くした。

◇

おどろおどろしい赤色に照らされた急階段を下りて店を出て上を見上げると、空の隅の方が明るくなっていた。

「わっ、朝だ。もう始発が出てるから帰らないと」

そう呟く海ちゃんと石畳の四季の路を歩き、そのまま靖国通りに出て駅の方に向かおうと右に曲がると、すぐ手前の横断歩道の赤信号に捕まった。すると、どこからか甘い香りが漂ってきた。区役所通りと靖国通りの交差するところにあるミスタードーナツから漏れ出てくる匂いだった。

気づいたときには海ちゃんがミスタードーナツの自動ドアの前に立っていた。営業時間外で開かない自動ドアの微かな隙間に鼻を当てながら「ドーナツ食べたい」と、海ちゃんは呟いた。僕も真似して開かない自動ドアの隙間に鼻を当てると、ドーナツの甘い香りが強く鼻に入ってきた。

信号が青に変わると、コートのポケットに両手を突っ込みながら海ちゃんが「寒い、寒い！」と言って早歩きして、温もりを求めるように、横断歩道を渡った先にあった地下の階段を降りて、「引」と書かれたドアを押し開けて新宿サブナードに入っていった。

早朝の地下街はほとんど人がいなかった。そんなことにも気づかないみたいに、柱に取り付けられたデジタルサイネージが次々に液晶広告を切り替えて注意を引いていた。舗装された地下道の道はえらく平坦で、地下街のお店のほとんどはシャッターが下りていて、歩くことを邪魔するものは何もなかった。海ちゃんは何にも邪魔されることなく、海ちゃんのペースでひたすら早歩きした。

途中、朝から営業しているキヨスクが目の前に現れた。海ちゃんがその前で立ち止まって、店頭にあったポケモンのパッケージの東京ばな奈を見て「あっ、イーブイ！」と言うと、すぐに興味を失ったかのようにまた早歩きしはじめた。すぐに、生花の自動販売機が目の前に現れた。その前で立ち止まって自販機の中に生花が一つも無いのを一瞥すると、またすぐに早歩きし、小田急線の改札の前に到着した。小田急線の改札のすぐ左にはＪＲの中央西改札があって、二つの改札は中央の大きな柱で隔てられていた。こちらを振り向いた海ちゃんと目が合った。

「私は参宮橋だから、山下さんとはここでお別れなの」

海ちゃんの自宅の最寄り駅は参宮橋駅だから右の小田急線で、僕の帰るところは新大久保駅だから左のＪＲ線だった。ただ「山下さんとはここでお別れなの」と言う海ちゃんの顔を見ていると、帰ってはいけないような気がした。海ちゃんが本当のところは帰ってほしくないと思っているのかもしれなかったし、本当は、自分が帰りたくないと思っているだけかもしれなかった。自分の中に生じている感情が、目の前の人のものなのか、自分のものなのか、わからなくなってしまうときがある。

スマホのSuicaをかざして、右の小田急線の改札を越えてみた。後ろを振り返ると、改札の向こう側で驚いた顔をした海ちゃんが立ち尽くしていた。すぐに海ちゃんもSuicaをかざして改札のこっち側までやってくると、

「えっ、帰らないんですか？」

と聞いてきた。

「家まで送ってくよ」

と言うと、

「やった、ボーナスタイムですね」

海ちゃんが胸の前で小さく拍手した。そのまま一緒に小田急線に乗って、２駅離れた参宮橋駅で降りた。

「参宮橋駅はね、木の匂いがするんですよ。多摩産材っていう東京の木が色んなところに使われてる、木の駅なんです」

電車を降りると、海ちゃんがひらいた右の手の平を顔の高さまで上げながら言った。駅を見渡すと、ホームの上屋の天井や駅名表示の看板が木でできていて、ベンチや自動販売機も木目調のものになっていた。海ちゃんが「参宮橋駅」と白文字で書かれた駅名表示の看板に鼻をつけると、

「木の匂いがするの」

と言った。真似して僕も木の看板に鼻をつけると、スギの匂いがした。それから2階の連絡路を通って反対側のホームに降り、木の格子天井の西口改札を出て10分ほど歩くと、海ちゃんが住んでいる鉄筋コンクリートのマンションに着いた。

「お茶でも飲んでいきます?」

海ちゃんが首を右に少しだけ傾げながら言ってくれた。「え、いいの?」と言って、部屋に入らせてもらった。

「なんか私の部屋、くさい臭いがするんですよね」

と言いながら海ちゃんが部屋のドアを開けると、確かに排水溝から湧き上がってくるような異臭がした。玄関には開封されていない本棚が段ボールに入ったまま立てかけられていて、玄関を上がってすぐのところに、洗濯機があった。おそらく異臭はその排水溝からだった。

それから、左にキッチン、右に洗面所とお風呂のある真っすぐの廊下を通って、その先

にあったドアを押し開けると7、8畳ほどのワンルームが拡がっていた。一番奥にはカーテンが閉じられたままの大きな窓があり、そのすぐ手前にベッド、左中央にはYouTube動画で海ちゃんが座っていた本棚と一体型の机があり、右手前には180センチは高さがありそうな姿鏡があって、その近くには化粧品の入った3段の棚があった。

ベッドのかけ布団は起きたときのまま折れていて、フローリングの床には水のペットボトル、カバン、服、化粧品が散乱していた。散乱してるといえども、ペットボトルは机の近く、服はクローゼットの前、化粧品は姿鏡の周りに多く落ちていて、ある程度の置き場所があるようだった。姿鏡のちょうど前は、人ひとりが座れるくらいのスペースだけ床の上に何もなく綺麗で、タコ足配線に繋がれたドライヤーが近くに転がっていた。

フローリングの床には座れるスペースはあまり見当たらなかった。入口のドアの可動域の部分だけは何もモノが落ちていなかったから、ドアを閉めてすぐのところに正座することにした。膝のあたりがひんやりとした。

「電気はつけないの？」

カーテンが閉めっぱなしで外の明かりが入らないのに電気をつけてなかったから聞いてみると、

「部屋が汚すぎて、電気はとてもつけられないの」

と言いながら、床に散乱しているものを横にどけて、僕と対面になるように海ちゃんがフローリングの上に正座した。腰を下ろした海ちゃんは、「ふふっ」と独りで笑いはじめた。

「なんか、自分の部屋だからそりゃ汚いっていうのはわかってたんだけど、実際に人を部屋に上げてみると、思ったより汚くて。いま後悔してるの。もう、笑うしかないの」

海ちゃんが独白のように喋りはじめた。海ちゃんの視線は斜め下、僕のお腹のあたりに刺さっていて、すぐ目の前に座っているのに、僕が海ちゃんの顔を見ても目が合わなくなっていた。

「大丈夫だよ、うちはもっと汚いから」

励ますように声をかけてみても海ちゃんが独りで笑っている表情は変わらなかった。部屋の中はあまりに静かで、まるで外から聞こえるみたいにキーンという音が耳の中で鳴り響いていた。

「静かだね」

と言うと、

「そう、静かなの」

斜め下を向いたまま海ちゃんは言った。時おり、外から鳥の鳴き声が聞こえてきた。

「鳥が鳴いてるね」

と言うと、

「鳥が鳴いてるの」

相変わらず斜め下を向いたまま海ちゃんは言った。その間も、ひたすら海ちゃんは独りで苦笑するばかりだった。そのまま30分ほど時間が経つと、急に海ちゃんが力の宿った目で真っすぐにこちらの目を見つめて、

「ほんとはね、出せるお茶なんてないの」

と言ってきた。なんて返事をすればいいかわからず、

「うん、そっか」

とだけ返すと、

「でもね、他人を部屋にあげるのは、私にとっては大きな一歩なの」

海ちゃんがまた斜め下に視線を落として言った。他人を部屋に入れることが海ちゃんにとってはなにか象徴的な意味を持っているようなので、嬉しかった。

長くフローリングに正座していたら脚が痺れてきた。部屋の左中央にあった机の椅子に座ろうと思った。「座っていい?」と確認をしてから椅子に座ると、女優ライトと、美肌に映るカメラがこちら向きにセットされていた。海ちゃんのYouTubeに出てくる机と椅子で、カメラの画角も動画のままだった。机の上にはノートパソコンがあり、最新の動画に登場した新潮文庫の『伊豆の踊子』が置かれていた。海ちゃんが動画の最後に言っていた伊豆の下田の道の駅で買ったというポンカン3つの皮の残骸も机の上に散乱していた。

椅子に座って高い位置から改めて部屋を見回していると、ベッドの枕元にピンク色の電

マがあるのが見えた。海ちゃんが僕の視線に気づいたようで、

「私ね、山下さんの連載の記事を見て思ったの。私も電マ出しっぱなしが普通だと思ってた」と言ってきた。


枕元に、コンセントに繋がれた電マが置いてあるのが気になった。

「電マ、ずっと出しっぱなしなんだね」

紙コップに緑茶を入れて持ってきてくれた彼女に言うと、

「あっ、やばっ。えっ、ってか、電マってしまうもの？」

と言われた。確かに、と思った。


物語を進めるうえではあってもなくてもどちらでもいい、ただ自分が驚いただけのことをそのまま描いた部分だった。そのシーンでこうして一つ会話ができることが、なんだか不思議なことに思えた。

それからしばらく部屋を見回していると、椅子の上に座っている僕の膝の上に、海ちゃんが顔を埋めるように頭を置いてきた。自分の膝の上にある海ちゃんの後頭部を眺めながら、そこに自分の手を置いていいものか迷った。もしも海ちゃんに触れたら、自分も手を出してきた作家の仲間入りをしてしまうのだろうか。少し悩んでから、海ちゃんの後頭部

に手を乗せて、静かに撫でた。30秒ほど撫でても海ちゃんは顔を埋めたままなんの反応もしなかったから、その沈黙に耐え切れず手を離すと、

「頭に手を置くの」

顔を埋めたまま海ちゃんがくぐもった声で言った。嫌じゃなかったのかと思い、海ちゃんの頭に手を置いてしばらく撫でていたら、海ちゃんが寝息を立てながら寝てしまった。

◇

「仕事しなきゃいけないの」

海ちゃんの声で起きた。目を開けると、海ちゃんが下から僕のことを見上げていた。寝てしまった海ちゃんの頭を撫でていたら、いつの間にか自分も椅子の上で寝てしまっていたようだった。スマホで時計を確認すると朝の9時過ぎだった。海ちゃんは10時から、リモートで仕事をするとのことだった。

まだ時間があるからと、参宮橋駅まで送ってもらうことになった。10分ほど歩いて参宮橋駅の改札の前まで着き、「ありがとう、家まで入れてくれて」とお礼を言うと、海ちゃんが参宮橋駅ホーム内の斜め上をしばらく見つめた。視線の先を見ると「小田原 箱根湯本 藤沢 片瀬江ノ島 方面」と書かれた発車標が、木の格子天井から吊るされていた。

「ねぇ、もし私が今から江の島に行こうって言ったらどうする?」

「絶対行くよ」

なんの躊躇《ちゅうちょ》もなく、自然とその言葉が出てきた。スマホのSuicaをかざしてホーム内に入ると、

「え、待って。本気で言ってます?」

そう言って笑いながら、海ちゃんも改札を越えてきた。2階の連絡路を通って1番線のホームに降りると、待ち構えているように電車が止まっていた。乗車して椅子に座ると、すぐに電車が発車した。

「え、江の島ってこんな感じで行っていいもんなんですか?」

既に動きはじめた電車の中で、海ちゃんはまだ躊躇したような笑顔を向けてきた。それから、「ちょっとSlack打っていい?」と言って、今度はスマホでSlackのアプリを開いて文字を打ちはじめた。しばらくすると、

「これで今日は仕事しなくてよくなったの」

と言うので、

「どういうこと?」

と聞くと、

「いま仕事で二つのプロジェクトに参加してて。どっちのチームにも別のプロジェクトで

忙しいって連絡をしたから、何もしなくてよくなったの。あとは、今日一日仕事の連絡が来ないことを祈るだけなの」

ということだった。

電車に揺られていたらすぐに眠気が襲ってきた。

「私の肩で寝るの」

海ちゃんが隣で呟いた。その言葉を聞いて、頭が上下にかくんかくん動くくらいに自分が眠くなっていることに気がついた。海ちゃんの方が座高が低かったから、海ちゃんの肩で寝るには首と腰を強くひねらなければならず大変だったけど、海ちゃんの肩で寝させてもらうことにした。

しばらくして起きると、まだ走っている電車の中だった。頭を起こし、肩を貸してくれていた海ちゃんの方を見ると、海ちゃんも寝ていた。今どこにいるのか気になって車内の上部にある案内表示のディスプレイを確認すると、次は本厚木駅のようだった。その先の路線図を追っていくと、どうやらいま乗っている電車は江の島には到着しないみたいだった。江の島に行くには、数駅前で小田急江ノ島線に乗り換えなければならなかったようだが、僕も海ちゃんも寝ていて、そのことに気づかないまま通り過ぎてしまったようだった。

海ちゃんに知らせようと思ったが、寝ている人を起こすのはどうも悪い気がした。どうしようか迷っていると、頭を上下に揺らしながら寝ていた海ちゃんが、僕の肩に頭を乗せ

て寝はじめた。それから10分ほどすると海ちゃんが起きたので、

「おはよ。ねぇ、この電車、江の島に着かないと思う」

と伝えると、「えっ？」と寝ぼけたような声を出しながら海ちゃんがすぐにスマホを取り出して調べはじめ、

「ほんとだ、違うね。小田急江ノ島線に乗り換えないといけなかった」

「どうしよっか？」

と聞くと、海ちゃんがまたしばらくスマホを動かして言った。

「このまま小田原駅まで行って、そこからバスに乗って箱根に行くの」

海ちゃんは切り替えが早かった。意志していなかったことを意志するのが上手な人だと思った。そのまま小田原駅まで電車に乗って、バスに乗り換え、箱根の玄関口である箱根湯本駅を目指すことにした。


バスの窓から見る小田原はビビッドカラーの無い街だった。戸建てもマンションも商店も、示し合わせたように箱根の山々に似たアースカラーの建物ばかりが立ち並んでいた。20分ほどバスに揺られると、箱根湯本駅のバス停に到着した。

バスを降りると目の前には流れの穏やかな早川が流れていて、川の上に赤い橋が架かっていた。早川のせせらぎに誘われるように、あてもなく川沿いを歩いてから街の中心部に

入り、土産屋を覗きながら、昼食を食べるお店を探した。

1時間ほど箱根湯本を散策していると、二人で相談することもなく、ここだよね、となんとなく決まったお店が一つだけあった。縦長の長方形の建物で、全体が蔦に包まれており、上部がアーチ型になっている大きな窓が2階に三つ、1階に二つ並び、1階には同じく上部がアーチ型になっている大きなドアのある、「画廊喫茶ユトリロ」という喫茶店だった。

大きなドアを開いて店内に入ると、テーブル席に案内された。開放感のある高い天井から吊るされたシーリングファンのプロペラがくるくる回っていた。向かって右側がカウンターで、左の壁には店名の由来にもなっているモーリス・ユトリロの油絵が壁いっぱいに飾られていた。その壁の前にある棚には日本人形、彫刻、ガラス細工、骨董品、球体関節人形、楽器、招き猫など、様々な作品が飾られていて、左の壁の中央の柱の前には置時計が置かれ、置時計の前に置かれたガスストーブの上には大きなやかんが載っていた。店内に置かれた種々の作品にはなにか一貫性があるような感じはせず、もし一貫性があるとすれば単なるオーナーの好みというような風情だった。

案内された席はテーブルもソファもゆったりと大きく、一人分のスペースが広かった。東京の狭い喫茶店に慣れていると、なんだか自分が小さい人形かなにかになって、ミニチュアの置き物の一部になってしまったような錯覚に陥った。

店員の人が持ってきてくれたメニュー表を見て、海ちゃんはハッシュドビーフを、僕はカレーライスを頼んだ。それからアイスコーヒーを二つ頼んだ。しばらくすると、カレーライスとハッシュドビーフが提供された。片手で持つには大変そうな大きなカレー皿の半分にカレーとライスが盛られ、もう半分にサラダが盛られていた。

「私、山下さんのこと好きだと思いました」

運ばれてきたハッシュドビーフを一口食べると、海ちゃんが言った。

「早良さんのことを見たら、私、山下さんのことを男として見てることに気づきました。早良さんが山下さんのこと好きで、でも上手くいってないことをわかって、早良さんのこと見に行って。私、本当に嫌な女なんだけど、でも、山下さんのことを好きになるような人がどんな人か、会って見てみたかったんです。山下さんは、早良さんにどこを好かれたんですか？　なんて言われたんですか？」

海ちゃんに男として好きになられたと聞けて、嬉しかった。

「早良さんから直接どこが好きか聞いてないからわからないけど、この前お店の営業終わりに朝ご飯行こうって誘われて、連載の文章に絡めて自分の話をしてきて、向こうは自分と同じ意見の人を初めて見つけたって感じで喜んでたんだと思う。でも、文章を書いてネットに発表してると、そういうことって割とあることだから。向こうは初めて話せて心を許したと思ってるけど、こっちからしたら、向こうの話を聞いてるだけで別に仲良くなった感じはないと言うか。どっちかって言うと、話を聞かされてるだけっていうか」

「うーん。私も山下さんの文章を読んで話をしたいと思ったから、早良さんのその気持ちもわかるの」

「海ちゃんと早良さんが一緒とは思わないでほしい。文章を好きになってくれる人が全員同じってわけではないから。文章を読んで好きになってくれる人の中には、まるで文章を書いてる人が偉い人で、なにか人生の正解を持っているみたいな前提で関わってくる人がいて。僕はそういう人が、同じ人間としての土俵に立ってくれてないような気がするから苦手なだけで。海ちゃんはただ自分で考えることの材料みたいに文章を読んでくれるから、そういう意味で、海ちゃんは早良さんとは全然違うから」

「うん。ありがとうございます。私、山下さんのこと好きだと思ったけど、言っとかないと気持ち悪いと思ったんで言うんですけど、私、彼氏いるんです。だから、付き合うとか、契約みたいなことはできないんですけど」

　別に彼氏がいることを隠されていてもわからなかった。黙っていることを気持ち悪いと表現するのは、自分の感情に正直な人なのだと思った。僕は僕で、付き合いたいと相手に言えるような立場ではなかった。女の人との関係のことばかり文章に書いていて、時にはセックスをしたことも書く。そうしたことと、誰かと付き合うということが両立できるとは思えなかった。

「僕も、文章で女の人とのセックスの話とか書くし、付き合うとか契約的なことは、ない方が都合がいいです」

好きになった人と、契約的なことはしないという会話をするのは人生で初めてのことだった。気持ちの整理のつきづらいことではあったが、案外、嬉しい気持ちになるものだと思った。付き合うという契約の中には、自分以外の誰かと付き合わないという約束事の側面もあれば、両想いであることを確かめ合うという気持ちの側面もある。契約をしないという契約において破棄されるのは前者だけであり、後者の方は満たされるものなのだと思った。

「付き合わない方が都合がいいことってあるんですね。さっきの話に戻るけど、私、早良さんの気持ちわかるの。山下さんの文章はね、隙があるんですよ」

「文章に隙があるって、どういう意味？」

「なんというか、山下さんって、こんなところまで書く必要あるの？ってくらいモデルになってる女の人のダメな部分もそのまま書いちゃうじゃないですか。だから、そんな文章を読んでたら、もしかしたらこんな自分でも受け入れてもらえるんじゃないか、って思っちゃうんです。そういう隙があるんです」

「僕は書く側だからよくわからないんだけど、人に書かれることって嬉しいことなの？」

「うん。もちろん、関係性によるとは思いますけど」

と言って、海ちゃんがハッシュドビーフを口に運んだ。ゆっくり咀嚼してから飲みこみ終わると、眠気で上瞼が重くなっているのか、三重にも四重にもなっている目をこちらに向けて「はぁ、私、本当に嫌な女なの」とまた呟いた。

肯定しても否定しても仕方がない他人の感情というものはある。「あなたは本当に嫌な女ですよ」と言っても「あなたは嫌な女じゃないですよ」と言っても、どちらも違うような気がした。そういった反応のしづらい他人の感情に直面したときは、頭がボーッとしてきて、会話の内容よりもいま自分たちが置かれている状況の方に意識が向くようになってしまう。急に、この状況で海ちゃんがハッシュドビーフを食べてることがおかしく思えてきた。

「『私、本当に嫌な女なの』って言いながらハッシュドビーフを食べてるのって、リアルでいいよね。もしこれが映画とかドラマのワンシーンだったら『私、本当に嫌な女なの』って女の人が言いながら喫茶店で食べてるのは、ハッシュドビーフじゃないと思うんだよね」

海ちゃんが自分の目の前にあるハッシュドビーフに目を落とすと、「そうかな。うーん、じゃあ、例えばなに?」と聞いてきた。

「トーストとか、サラダとか。あとは、パスタとかかな」

「あ〜、うん、そう。そうね。確かに」

海ちゃんが歯を剥き出しにして笑った。笑顔になって安心した。と思ったのもつかの間、

海ちゃんが口を尖らせて不満げな表情になって、

「なんか、早良さんの話をしてたらすごく落ち込んだ。下がった自己肯定感を上げるために、私の好きなところ言ってほしい」

と言ってきた。好きな人を目の前にして好きなところを言うのは恥ずかしいことだが、こういうタイミングでしっかり言わなければと思った。

「うーん、いろいろあるけど。臨時休業でも笑ってたところ」

「このまえの三鷹に行ったときのこと？」

「うん。まだ関係値のない人とデート行ったときの臨時休業って怖いじゃん」

「うん、わかるよ。私もワンタンメン屋さんが臨時休業だったとき、この人あとどのくらい歩ける人なのかな、とか考えたもん」

「確かに、歩ける距離の相性って大事だよね」

「うん。他は？」

「えーっと、こんなこと目の前で言うの本当に恥ずかしいんだけど。一緒にいて、二人の文脈をつくるのが上手な人だなって思った。海ちゃんと一緒にいると、この人と自分が一緒にいることに意味があるな、って思えるところが好き」

「うーん、どういうこと？」

「三鷹に行って、ワンタンメン屋さんが臨時休業だったじゃん。そしたら普通ネットとかで次のお店探しちゃうと思うけど、ネットで調べたりしないで、歩いて近くを一周回ったり、最終的に二人で話してて一番盛り上がったバーミヤンに行けたのがすごく良かった。二人で歩いた文脈の中で次の店を探して行けた感じが」

「私は、山下さんがバーミヤン行こうって言ってくれたからそうなったんだと思ってるよ」

「いや、僕は本当に海ちゃんのおかげだと思ってるよ。そもそも、そういうのを楽しめそうな人じゃないと、わざわざ遠出してるのにバーミヤン行こうなんて怖くて言えないし、言ったところで実現しないし」

「うーん、ほんとに山下さんのおかげだと思ってるんだけどな」

「じゃあ、相性が良いってことなんだろうね」

海ちゃんが頭の上にビックリマークが浮かんだみたいな顔をして、重たそうだった瞼が軽くなった。お互いがお互いのおかげだと思っていて、実際はどちらかのおかげではなく、どちらのおかげとも言えないような何かのおかげであるということが、人間関係には時たま起こる。そうした運命めいたものも含めて、人は人のことを好きになるのだと思う。

ハッシュドビーフを食べ終わって、アイスコーヒーをストローで飲んでいるうちに、海ちゃんは大きなソファにもたれかかるように寝てしまった。僕はチーズケーキを頼んで食べた。チーズケーキを食べてる間も、海ちゃんが起きることはなかった。

海ちゃんは1時間ほど寝て、起きたころにはもう16時過ぎになっていた。外に出ると、辺りは少し暗くなっていた。冬の箱根は空が暗くなるのが早く、夜が近づくにつれて寒さも急激に増していた。そもそも箱根に来る予定が無く、特別に厚着もしていなかったから、余計に寒かった。

海ちゃんと相談して、新宿に帰ることにした。帰りの電車の中では、海ちゃんが僕の肩の上で寝て、僕は僕の肩の上で寝る海ちゃんの頭にもたれかかるようにして寝た。それが一番自然で、無理のない体勢だった。ほとんど寝て過ごしたから、新宿まではほんの一瞬だった。

新宿駅に到着して電車を降りると、海ちゃんがスマホでSlackのアプリを開き、

「奇跡なの。今日は1回も仕事の連絡が来なかったの。いつも連絡が来ないって言っても1、2回は何かしらメンションが飛んでくるのに、今日は本当に1回も来なかった。奇跡なの」

と喜んでいた。

僕は山手線に乗り換えて新大久保駅へ、海ちゃんは小田急線の各駅停車に乗り換えて参宮橋駅に帰ることにした。ほとんど丸一日一緒にいたからお別れするのは名残惜しかった。ホームで初めて海ちゃんとハグをした。海ちゃんも強くハグをし返してくれた。頬を合わせると、海ちゃんの顔はやけに冷たかった。

「海ちゃん、顔が冷たいね」

と言うと、

「ええ、残念なことに」

と海ちゃんが言った。

「じゃあ、またね」

ハグを解いて、目と鼻の先にある海ちゃんの顔を見た。僕は、三鷹のバーミヤンでメンズエステの話をしたときに海ちゃんが言っていた「粘膜接触は好きな人とがいいな」という言葉を思い出していた。本当に海ちゃんが僕のことを好きと思っているのか、試したくなった。

「キスしてもいいですか？」

その言葉を口にした瞬間、海ちゃんは目を見開き、口を開けて顔を近づけてきた。乾燥しきった冷たい左頬に、海ちゃんの吐息の温かな湿り気を感じた。と思ったのもつかの間、頬のあたりを痛みが襲ってきた。頬の肉を強く噛まれた。そのまま海ちゃんは小田急線の電車に乗り込み、窓越しにこちらを見つめてきた。

キスができなかったことは、好きではない烙印を押されたみたいでショックであったし、いきなりキスをしようとしたことで海ちゃんに軽蔑されてしまっただろうか、と不安になった。ショックを悟られないように、あるいは、キスができなくたって好きであることは変わりないことを示すために、電車が発車して海ちゃんの姿が見えなくなるまで手を振って見送った。

「ありがとう。今日はすごく楽しかったです。また遊びましょう。私ね、旅行に行ったときは動画を撮った方がいいと思うの。動画の方が雰囲気が残るから。これからも私が撮るね」

しばらくホームでひとり立ち尽くしていると、すぐに海ちゃんからＬＩＮＥが飛んできて、ＬＩＮＥのノート機能で動画が共有されてきた。また次も会ってくれそうな文面で、とりあえず嫌われなかったようで安心した。結局、誰か人のことを好きになると、キスができるとかできないとか、そうしたことに勝手に自分で線引きを設けて、自分が受け入れられているか受け入れられていないかの判断をどうしてもしてしまう。好きではない人にそういうことをされてキモチワルかったと言うのは簡単なことだが、いざ自分がする側になると、そうしたことが自分の存在を賭け金にした、一か八かの賭け事のように思えてくる。

ＪＲ新宿駅に移動して山手線の電車を待ってる間、イヤフォンをつけて、海ちゃんが送ってくれた動画をスマホで再生してみた。「画廊喫茶ユトリロ」を出た後に、僕がお店の外観の写真を撮っているところを、海ちゃんが後ろから撮影していた動画だった。ちょうど空が暗くなってきて曇天の空が雰囲気を出していたときで、

「まじ！　雲が最高なんだが！　雲が最高！　えっ！　雲が最高なんだが！」

と、ひとり叫びながら僕は写真を撮っていた。

「えー、ほんとだ。めっちゃいいじゃん。雲見たときはそうは思わなかったけど、写真で見るといい感じだね」

動画には姿が映っていない海ちゃんの声がアフレコのように入っていた。写真を撮影しているときに自分がそんなに叫んでいることも、海ちゃんとそんな会話をしたことも、全く覚えていなかった。自分のことであっても、現実で起きた出来事なんてほとんど覚えていないのだな、と改めて思った。

動画に映る自分の後ろ姿を見ていたら、やっぱり自分は海ちゃんのことが好きなのだな、と思った。恋愛の最も良いところは、好きな人の目から見た自分の姿を生きてもいいと思えるところだ。海ちゃんが撮ってくれた動画を見ていたら、その動画を撮っている海ちゃんの視線に自分が気を許してしまっていることに気がついた。

◇

「お疲れ様です。今年の夏までに、山下くんのゴールデン街の連載をまとめて本にしようと考えています。もう、これまで連載で書いてもらった分だけでも文字数は足りてるんだけど、最後にウェブ連載には載せない、単行本用の書き下ろしを一つ書いてほしくて。なにか書いてもらうことってできますか…？」

２０２３年が明けてすぐ、連載の担当編集の稲葉さんからＬＩＮＥが届いた。すぐに海ちゃんのことを思いついた。海ちゃんと過ごした時間以外に書きたいものは特になかった。恋愛の話にしろ、何の話にしろ、とにかく何かしらの気持ちが入っている相手がいなければ文章を書くモチベーションは湧かなかった。そういう相手がいれば書けるし、いなければ書けない。自分にとって文章を書くということは、そういうものでしかなかった。

「書き下ろしですね。書けると思いますよ」

「本当に!?　よかった！　じゃあ、１か月後くらいまでに初稿もらえますか？　書籍のタイトルは、連載で一番ＰＶの多かった『彼女が僕としたセックスは動画の中と完全に同じだった』で進めようと思ってます！」

「わかりました。たぶん大丈夫だと思いますが、うまく書けなかったらすいませんって感じですけど」

「きっと大丈夫ですよ！　楽しみに待ってます」

稲葉さんと連絡をしたその日の夜から、自宅でデスクトップＰＣの画面と向き合って、さっそく小説を書きはじめることにした。

リアルタイムで関係のある海ちゃんとの出来事について書く小説の結末が、どのようになるのか自分でもわからなかった。でも、小説は完成するだろう、という無根拠な自信だけはあった。私小説というのは不思議なものだ。もし、いま自分に起こっている出来事の始めから終わりを仮に0から100までの数字で表すとすれば、0から5までを切り取っても、3から15までを切り取っても、19から72までを切り取っても、書きようによって一つの小説になってしまう。小説の始まりと終わりは常に恣意的だ。だから、海ちゃんのことも小説を書きはじめてしまえば、たとえ人間関係としては途中であったとしても、小説としての結末は訪れることができてしまうものだろう、と思った。

海ちゃんとのTwitterやLINEのやりとりを全て見返しながら記憶を辿り、小説に使えそうなエピソードを抽出して、冒頭の部分からラフスケッチのように書きはじめた。まずは物語としての繋がりをあまり考えることなく、書きたいシーンをぶつ切りに書いていった。「月に吠える」に飲みに来てくれたこと。三鷹にデートに行ったこと。ゴールデン街のラーメン凪で煮干しラーメンと漁師飯を食べたこと。海ちゃんの家に初めて入れてもらったときのこと。箱根に日帰り旅行に行ったこと。シーンごとに思いついた描写や会話を書き溜めていった。何日かその作業を続けると、まだ小説の体をなしていない、文章の塊としか言いようのないものができてきた。そこからさらに文章に肉付けをするために、実際に小説の中で描いてる場所に一人で訪れるようにした。

三鷹の中央通りを一人で歩いた。マクドナルド、ケンタッキー、ファミリーマート、バーミヤン、フレッシュネスバーガー。それらの看板を見るだけで、海ちゃんとした会話を思い出した。

「2番線、ドアが閉まります。ご注意ください」

大久保駅で総武線のアナウンスの声を聞いたら、電車から降りようとしたときに急に海ちゃんから手首を噛まれ、付着した唾液がホームの蛍光灯の光を反射させながらキラキラと光っていたことを思い出した。

ラーメン凪で一人で煮干しラーメンと漁師飯を食べた。「で、これのどこがセックスなんですか?」と海ちゃんに聞かれ、なにも応えることのできなかったときの張りつめた空気のことを思い出した。

ゴールデン街で朝方まで飲んだ日には、そのまま小田急線で一人で箱根に向かった。行きの電車で海ちゃんの肩の上で無理な体勢で寝たことを思い出し、「画廊喫茶ユトリロ」でカレーを食べたら、目の前にいた海ちゃんが瞼を三重にも四重にもして眠たそうな顔でこちらを見ていたのを思い出した。

海ちゃんの家の最寄り駅の参宮橋駅に一人で下車した。「木の匂いがするの」と、海ちゃんが匂いを嗅ぎはじめた駅名表示の看板の匂いを真似して嗅ぐと、海ちゃんと一緒に参宮橋駅に来た早朝の空気を思い出した。

海ちゃんの過去のYouTube動画もすべて見返した。まだ会って間もないころ、海ちゃんのことをどうしても動画の中の人が目の前で動いていると認識せずにはいられなかったことを思い出した。

過去に訪れた土地、歩いた道、入った店、食べた食事、嗅いだ匂い、聞いた音、見た動画、そのどれもの中に、海ちゃんとの出来事を思い出すきっかけがあった。記憶は自分の頭の中にあるだけではなく、過去に訪れた場所や出会ったもの、そこにおける自身の身体感覚の中にも残っていた。そうした記憶の探訪は、ただ過去のことを思い出すというだけではなかった。そのときとは変わってしまったこと、変わらないこと、その両方を認識することができた。そこでしか起こらなかった会話もあれば、おそらくそこでなくとも起こる会話もあった。そこでしか見ることのできない海ちゃんもいれば、おそらくそこでなくとも見ることのできる海ちゃんもいた。そこでしか出てこない自分もいれば、おそらくそこでなくとも出てくる自分もいた。必然的なことを認識することは、同時に偶然的なことを認識することでもあった。自分にとって小説を書くということは、現実のそうした両面を彫刻のように浮かび上がらせることだ。そうしているうちに、不安定な己の自意識の輪郭がだんだんとはっきりしてくる。

この小説――この小説が完成し、海ちゃんに掲載許可が取れ、無事に単行本に収録されれば、その完成したものを今あなたが読んでいるこの小説――を途中まで書きながら、自分が海ちゃんの何に執着しているのか、だんだんと一本の筋のように理解することができてきた。

「私ね、自分のためにセックスする人も嫌いだし、他人のためにセックスをする人も嫌いなんです。セックスをする理由がわからないの」

ゴールデン街のラーメン凪で漁師飯を食べながら言ってきた海ちゃんのその言葉が、自分の中にしこりのように残り続けていることに気がついた。もともと動画を見ていた頃からファンとして好きだったが、その言葉を聞いてから海ちゃんのことを性的に好きになった。自分のためでもなければ、他人のためでもないセックス。そんなものがこの世にあり得るだろうか。もし自分ができることの中にその可能性があるとすれば、海ちゃんとの出来事を描いているこの小説の中で、海ちゃんとのセックスを描くことではないかと思った。

私小説というのは、自意識を物語の形に変換したものだ。自分の自意識は自分にしか感覚できないものだから、私小説を書くという行為は世界から隔絶された自己の中に秘められたものの表出だと思われがちだが、実際はそんなことはない。自意識だって、自分以外の他人や周りの環境に触発されなければ生じることはあり得ない。自分の自意識を知覚できるのは自分だけだということと、自意識の成り立ちが自分以外の他人や環境に由来しているということは、何ら矛盾することではない。自意識を主題とする私小説が時に普遍性を纏《まと》うことができるのは、そうした自意識の、そもそもの世界への被拘束性に因っている。

そうした意味において私小説を書くという行為は、自分のためでもありながら、どうしたって自分以上の何かのためのものでもある。そしてそれは、他人のためというほど狭い射程のものではない。もし自分ができることの中に、自分のためでもなく、他人のためでもないものを追求できる何かがあるとすれば、こうして文章を書くより他はなかった。

次に海ちゃんに会ったら、セックスをしたいと言おうと思った。海ちゃんの小説を書いてることも、同時に伝えようと思った。自分のためでもなく、他人のためでもないセックスが、小説を書くことの中にあると考えるのは、おかしなことだろうか。ひとり部屋に閉じこもりながら小説を書いている人間が膨らませてしまった、誇大妄想に過ぎないだろうか。現実と小説の世界を往復する聖地巡礼系YouTuberの海ちゃんであれば、もしかしたら理解してくれるのではないかと思った。他の誰もが理解してくれなくとも、海ちゃんさえ理解してくれればそれでよかった。

◇

「いま友達とG街で飲んでて解散になりそうなんですけど、よかったらこれから二人で飲みません？」

小説を書きはじめてから2週間が経ったころ、海ちゃんから深夜の3時過ぎにＬＩＮＥ

が届いた。いつの間にかゴールデン街のことを「G街」なんて略すようになっていた。

「30分後くらいに着きます！」

LINEを送信して、シャワーを浴びてゴールデン街に向かった。ファミリーマートの前に着いたところで「着いたよー」と連絡すると、「今ちょうど解散したところです、どこいます？」と返事が来たので、ファミリーマートの前に集合することにした。

ファミリーマートの前で待っていると、すぐに海ちゃんがやってきた。瞳孔が開いているような目をしていて、顔は全体的にうっすらと赤らんでいて、相当酔っていそうだった。

「ちょっとお腹空いたから、おにぎり買っていいですか？」

海ちゃんがそう言うので、そのままファミリーマートに入った。海ちゃんはたらこ昆布のおにぎりを、僕は海老マヨネーズのおにぎりを買った。ファミリーマートを出て、ビニール袋からおにぎりを取って渡そうとすると、

「あっ、やっぱ気持ち悪くて食べれないや」

と海ちゃんは言った。少し水を飲んで休んだ方がよさそうだった。木曜日で「月に吠える」の深夜営業がない日だったから、店の中で休ませようと思った。G2通りまで移動して「月に吠える」の鍵を開けて、暖房をつけて、海ちゃんをカウンター席に座らせた。カウンターの中に入ってグラスと、冷蔵庫に入っていた水を取り出して、海ちゃんの隣に座ってグラスに水を注いだ。

グラス2杯分ほど水を飲むと、海ちゃんが僕の右手をいきなり掴んで、親指と人差し指の間の部分を歯ぎしりするように噛みはじめた。相変わらず容赦のない噛み方で痛かった。それから、今度は倒れこむように僕の膝の上に頭を置くと、そのまま寝息を立てて寝てしまった。海ちゃんが起きるまで、スマホをいじりながら待つことにした。

海ちゃんは途中、起きて水を飲んでは寝て、起きて水を飲んでは寝て、を何度か繰り返した。はっきりと目を覚ましたのは、寝はじめてから2時間が経った頃だった。

「え、私、2時間も寝てたんですか?」

目を覚ましてスマホの時計を確認した海ちゃんが驚くように言った。

「そうだよ」

と返すと、

「急に夜中に呼ばれて、呼んだ本人が2時間も寝てるのに、起こそうって思わないんですか? 怖いですよ」

と言われた。好きな人のために我慢をすることは、なにも苦ではなかった。人を好きになることと、その人のために我慢をすることの見分けが、よくわからなくなるときがある。

「もう始発の時間だから帰るの」

海ちゃんがそう言うので店の外に出ると、僕がファミリーマートの袋を持っていることに気づいた海ちゃんが、

「あっ、そうだ！　おにぎりあったんだ！」

と大きな声を出した。

「おにぎり食べる？」

と聞いて、海ちゃんが買ったたらこ昆布のおにぎりを手渡すと、店を出てすぐのアスファルトの路上に海ちゃんがしゃがみ込んで、おにぎりを食べはじめた。僕も隣にしゃがんで、海老マヨネーズのおにぎりを食べた。おにぎりを食べ終わったあとも海ちゃんがしばらく立ち上がらないので一緒に座り込んでいると、

「なんで立ち上がろうって言わないの？」

と言われた。

「どっか行きたい？」

と聞くと、

「山下さんはどこに行きたい？」

と聞き返してきた。海ちゃんと一緒にいられるのであれば、どこでもよかった。「どこでもいいよ」と応えると、

「そういうとこ嫌い」

と言われた。海ちゃんはさらに続けた。

「いつもどっか行こうって誘ってるの私だよね？　なんで立ち上がらないの？　なんで帰

ろうって言わないの？　なにがしたいの？」

まくしたてるような言葉になんて応えればよいかわからず黙っていると、

「私、帰る」

と海ちゃんが立ち上がって花園交番通りの方へ歩きはじめたので、黙って後ろをついていった。

「何でついてくるの？　何を考えてるの？」

海ちゃんが一度こちらを振り向いて言うと、すぐに前に向き直り、そのままゴールデン街のアーチ看板の下をくぐって花園交番通りに出た。それからまたこちらを振り向いて、

「右に行く？　左に行く？」

と聞いてきた。右に行けば駅の方向で、左に行けばラブホテルの方向だった。別に海ちゃんはそんな二択を迫ろうとしているわけではないと思ったが、僕にとっては、右か左かは駅かラブホテルかの二択にしか思えなかった。行きたい場所は左だったが、その前に理由を述べたかった。

「ごめん、全然関係ないこと言っていい？」

と切り出すと、海ちゃんが鋭い眼光を突きつけながら、

「なに？」

と言ってきた。

「自分のためにセックスする人も嫌いだし、他人のためにセックスする人も嫌い、って前に海ちゃん言ってたじゃん。その言葉を聞いたとき、海ちゃんとセックスがしたいと思った」

「いつ私がそんなこと言った？　覚えてない」

「先月。凪でラーメン食べてたときかな」

海ちゃんは一度視線を下に落としてから、またこちらを見た。

「でもわかるよ。私が言いそうなことだもん。今も同じ考えかはわからないけど。それで？」

「ごめん、許可してもらえるかわからないけど、いま海ちゃんの小説を書いてるんだよね。その文章を書くためにセックスをしてほしい、ってわけではないんだけど。僕、実体験と文章を書くことの距離がほとんどなくて。海ちゃんとセックスして、そのことを文章を書く中で考えたいと思ってる。文章を書くことって、僕の中では、自分のためでもなく、他人のためでもないものに一番近いと考えてるんだけど」

気づけば、体重を前にかけたり後ろにかけたりを繰り返して、体を揺らしながら喋っていた。静止して喋ろうとしてみたが、体のコントロールが利かなかった。

「わかる。共感する」

海ちゃんがそう言うと、こちらを真っすぐに見つめて、

「右に行く？　左に行く？」

さっきと同じ質問をしてきた。「左に行く」と応えると、海ちゃんが左の方向に歩きはじめた。ファミリーマートを越えて、テルマー湯を越えて、九州ラーメン博多っ子の前を右に曲がって、ホテルバリアンリゾート新宿本店の前で海ちゃんが立ち止まった。「ようこそ、癒しのバリ島ホテル」という看板が上から見下ろしていた。

「で、さっきの話の続きはなに？」

バリアンの前で立ち止まった海ちゃんがこちらを振り向いて、視線を突きつけるように言ってきた。

「海ちゃんとセックスしたいんだけど、どうですか？」

海ちゃんがしばらく僕のことを黙って見つめると、こちらに背中を見せるように振り返って、

「あ、日清だ」

と言った。明治通りを挟んでバリアンの対岸に、日清食品ホールディングスの東京本社ビルがあって、「日清食品」と書かれたステンレス製の大きな切り文字銘板がこちらを向いていた。日清のビルの前の歩道の信号が赤になると、明治通りをたくさんの車が行き交った。アスファルトと走る車のタイヤが擦れる音や、次々に通り過ぎる大きさの違うエンジン音が、早朝の冷たい空気を切り裂くように響いた。大きなトラックが目の前を通り

過ぎると、風が海ちゃんの後ろ髪をふわっと揺らした。そのまま海ちゃんはこちらに背を向けて黙ったまま立っていた。そうしているうちに信号の色が変わり、そしてもう一度、信号の色が変わった。目の前の明治通りをトラックが通りすぎると、また風が海ちゃんの後ろ髪をふわっと揺らした。ふと、海ちゃんがこちらを振り向いた。

「言ってることもわかるし、共感もする」

それだけ言うと、また海ちゃんがこちらに背を向けた。今度は信号が変わる前にこちらを振り向いて、

「ちょっと間が空いたら、自分が何を言いたいのかわからなくなった」

と言うと、コートのポケットに両手を突っ込んで、新宿三丁目の方に早歩きしはじめた。僕も海ちゃんの後ろをついていくように早歩きした。一枚も葉のついていない枯れたイチョウの並木道を、新宿三丁目に向かってひたすら歩いた。

「なんでついてくるの？　何を考えてるの？」

途中、海ちゃんがこちらを振り向いて言ってきた。今度は返事をする必要もないと思った。海ちゃんの返事を聞きたいからついていってるのであり、それを海ちゃんもわかっているだろうと思った。海ちゃんも、それ以上何かを言ってくることはなく黙ったまま早歩きを続けた。

しばらくすると、海ちゃんが新宿三丁目のファミリーマートの前で急に立ち止まり、斜

め上を向きながら、顎をクイッとほんの少しだけ動かした。海ちゃんが顎を突き出した方向を見ると、ファミリーマートの上の階に『珈琲貴族エジンバラ』という喫茶店があった。黒色の螺旋階段を上って、その喫茶店に入った。

早朝だというのに店内はほとんど満員で賑わっていた。空いているテーブル席に通されて店員の人が持ってきたメニュー表を見ると、コーヒー付きのモーニングセットが3種類あった。ロールパンのセットと、トーストのセットと、雑炊のセットの3つだった。僕はロールパンのセットを、海ちゃんは雑炊のセットを頼んだ。二人とも、セットのコーヒーは貴族ブレンドにした。

「さっきおにぎりで白飯を食べたばかりなのに、よく雑炊を食べれるね」

注文が終わってから言うと、海ちゃんがはっとした顔をして、

「確かに！　でも、雑炊は水だから大丈夫なの」

と言った。

しばらくすると、受け皿に載った空のコーヒーカップと金色の小さなスプーンが提供された。金色のスプーンが、天井に吊り下げられたシャンデリアの光を反射させてキラキラと光っていた。それから、店員の人がコーヒーを注ぎにきた。すぐに一口飲もうとしたけど、注がれたばかりのコーヒーは熱くて口を少しつけるのが限界で飲むことができなかった。海ちゃんも熱すぎて飲めなかったようで、口元に運んだコーヒーを飲まずに受け皿の

上に置くと、

「山下さんばっか喋って私が喋らないのは、ずるいよね」

腕を組みながら言った。

「こちら雑炊で、こちらロールパンです」

会話を遮るように、店員の人が海ちゃんの前に雑炊を、僕の前にロールパンを置いた。腕を組んでいた海ちゃんがそのまま左手で右腕の肘を持ちながら、右手で握ったスプーンで雑炊を食べはじめた。僕が頼んだセットのロールパンは皿の上に二つあり、一つはハムときゅうりが挟まれていて、もう一つは内側にバターが塗られているだけのものだった。

「急にこっちが自分のペースで言い出したことだから、海ちゃんが話せなくてもずるいとは思わないよ」

ハムときゅうりのロールパンを一口かじって、そう伝えた。それからしばらく沈黙が続いた。ロールパンを食べる手が止まらず、コーヒーもどんどん減っていった。海ちゃんもひたすら雑炊を口に運んでいた。食べることに集中しているから沈黙になっているのか、沈黙が気まずいからひたすら食べることに集中しているのか、わからなかった。あまりにも沈黙が続きすぎると気まずくなるかと思い、

「雑炊とコーヒーって合うの？」

と聞いてみると、海ちゃんがコーヒーを一口啜り、それから片方の口角だけ上げると、

「うーん、合わない」

と歯を剥き出しにして笑った。それから海ちゃんが雑炊に手をつけると、また沈黙が訪れた。ちょうど真後ろのテーブル席に、泥酔して騒いでいる大学生くらいの若い男女の4人組がやってきて、より一層こちらの席の静けさが際立った。

「私、気づいた」

急に海ちゃんが口を開いたので、「なにを?」と聞いた。

「雑炊って、締めのためにあるんだ。ここ、朝方に酔っ払いの人がいっぱい来るから、モーニングメニューに締めの雑炊があるんだよ」

「なるほどね」とだけ応えると、また海ちゃんが雑炊を口に運んだ。気づけば、海ちゃんの器に残った雑炊があと一口ほどになっていた。

「たぶん、しないと思う」

ふいに海ちゃんがそう言うと、器に残っていたスプーン一杯分ほどの雑炊を掻きあつめて口に運んだ。海ちゃんはしばらくスプーンを手に持ったまま咀嚼し、飲みこみ終わると、スプーンを雑炊の器の上に置いた。金属のスプーンとガラスの器のぶつかる音が響いた。それから海ちゃんはほとんど残ったままのコーヒーを一口啜ると、カップを受け皿の上にゆっくりと置いた。

その瞬間、受け皿がカップを受けとめる音と、受け皿の上に載っていた金色の小さなスプーンが小刻みに振動する甲高い音が同時に鳴り響いた。置かれたばかりのカップの中では、シャンデリアの光を反射させながらコーヒーが水面を揺らしていた。

水面の揺れが少しずつ収まってゆくのを眺めていると、視界の上の方で、海ちゃんがこちらを真っすぐ眼差《まなざ》しているのを感じた。顔をあげて目を合わせると、海ちゃんの口が開いた。

「セックスって、そんな大したものじゃないの」

謝辞

この単行本に収録された各文章には、明に暗に、それぞれモデルになっている人がいます。決して、その人の綺麗なところだけを描いたものではありません。僕が書く文章は現実に肉薄している部分があまりに多いので、たとえフィクションという体裁をとっていたとしても、描かれて複雑な気持ちになる部分もあったと思います。それでも、モデルとなった方々は、僕が描きたいように描かせてくれました。SNS全盛で誰もが自分のことを自分で発信できる時代に、僕の視点から描いた文章を掲載する許可をしてくださったこと、また、そのような関係性を築けたこと、本当に感謝しています。ありがとうございます。

ふえこさん。ゴールデン街がテーマの連載を始めようという話になったとき、1話目はふえこさんとのデートの話を書こうと、すぐに決めました。ふえこさんとの衝撃的なデートの思い出があったからこそ、ゴールデン街で飲んでいれば猥雑で素敵な出会いがあるし、おそらく、楽しく連載を進めることができるだろう、という未来を想像することができました。ゴールデン街で飲みはじめたばかりで街の魅力をまだよくわかっていなかった頃の僕に、華麗な洗礼を浴びせてくれて、ありがとうございます。ゴールデン街という街はお酒を飲みながら初対面の人と自由奔放に自我をぶつけ合っていいような場所なのだと、身をもって教えられました。

デートの後も、ゴールデン街で飲んでいると毎月のようにふえこさんとはどこかのお店で会います。ある日、「月に吠える」で会ったときには、「私のボトル100本入れたら抱いてあげる」と約束してくれました。この文章を書いている2023年6月現在、ふえこさんのボトルは19本目に突入しています。まだ100本までは数年かかりそうですが、100本に到達した際には今度こそぜひ抱いてください。

二村ヒトシさん。「二村さんがキモチワルいってこと、連載で書いてもいいですか？」と、ゴールデン街で一緒に飲んでいるときに相談したら、「僕が確認すると赤ペン入れちゃうから、事前の原稿確認は無しで発表していいよ」と言ってくださいました。「二村さんの文章完成しました！」と連絡をした際には、今度は「不安なので全文確認させてください」と言ってきました。「男に二言はないだろ！」と心の底では思ってしまいましたが、そうした男らしさに全く縛られずに二言も三言もあるところが、二村さんの二村さんらしいところだと思います。

その後、「Sea&Sun」で二村さんの隣でお酒を飲みながら、二村さんについて描いた文章を読んでもらうことになりました。僕の自我をぶつけた文章だったので、受け入れられなかったらどうしようかと不安になり、目の前で原稿を読んでもらう時間はすごく緊張に満ちたものでした。結局、「これは僕が手を加えると文章全体が壊れちゃうから、直さない方がいいね」と言ってくれ、一文字の修正も無しに掲載の許可を頂けました。僕の自我をぶつけさせてくれ、また、好きでもない人とセックスをする可能性についてアドバイスをくれて、ありがとうございます。

ゴールデン街で再会したことをきっかけに、代々木で人生相談の飲み会イベントもするようになりましたし、二村さんとはなんだかんだ長い付き合いになってきましたね。男として生きることに苦悩する仲間として、これからもどうぞよろしくお願いします。

古澤さん。ごめんなさい。古澤さんが誘ってくれたことをいいことに、好きでもないのにセックスをしてしまいました。でも、謝る必要もないことかもしれません。古澤さんとのセックスについて描いた私小説を読んでくれた風俗嬢やセクシー女優の方たちが、あの話に出てくる女の子にすごく共感する、と感想をくれました。彼女たち曰く「好きでもない男とセックスをするときは気持ちが入らないから、つい仕事でしてるのと同じようなセックスをしてしまう」のだそうです。もしかして古澤さんにとっても、僕とのセックスはそのようなものだったでしょうか？

でも、好きな人のためではない、誰のためのものでもないセックスだったからこそ、ある種、普遍性のある話になり、古澤さんについて描いた私小説は連載の中では断トツで多くの人に読まれました。「月に吠える」の店番をしていると、あの話に感動したという人が次々にやってきてくれました。私小説が作者の手を離れてゆくということがどういうことなのか、古澤さんのことを描いたものを通して目の当たりにすることができました。見たことのない景色を見せてくれて、ありがとうございます。

古澤さんが書いた私小説、読みたいので書いた際にはぜひ送ってくださいね。

海ちゃん。海ちゃんは、それこそ聖地巡礼するみたいに、僕の私小説をものすごく読みこんで僕に接してきてくれて、そのこと自体が最後の私小説の主題となりました。なんだかんだ10年くらい文章を書いていますが、自分が文章を書くという行為について自覚的になることを迫られたのは、人生で初めてのことでした。

海ちゃんのことを描いた原稿を確認してもらったあと、新宿三丁目の居酒屋で一緒に飲んだとき、

「こうやって実際に描かれてみて、自分が受け入れられた、って思えました?」

と聞いたら、

「思えなかった。他の文章の女性はみんな魅力的に思えるのに、自分のだけ全く魅力的に

思えなかった。こんな小説で大丈夫なの?」

と言ってきたのが印象的でした。僕は海ちゃんの魅力的な部分を描いたつもりなので、

「魅力的だと思うよ。『伊豆の踊子』に出てくる踊子だって、読者は魅力的な存在だと思うけど、実際に踊子本人が読んだら、そうは読めなかったかもしれない。小説って、読む人の立場によって読み方が全く違ってしまうものだと思うよ」

と言ったら、

「うん。自分が描かれた小説を読んで初めて、私もそのことを考えた」

と言ってくれました。

海ちゃんに僕の私小説を読まれることがそのまま、僕が新しい私小説を書くことに繋がり、僕が海ちゃんについて私小説を書くことがそのまま、海ちゃんの新しい読書体験に繋がる。文章を介して、そんな特殊な関係性を築くことができたのではないかと思います。

結局、海ちゃんとの出来事を描いた私小説をほとんど書き終わった頃、ゴールデン街で一緒に飲んだあとに海ちゃんが僕の家に遊びに来て、「すいません」と言いながらキスをされ、そのままセックスをしました。

「セックスについていろいろ言ったけど、こっちの気の持ちようの問題だった」

と、セックスをした後に教えてくれました。

私小説は海ちゃんにセックスを断られるところで終わったけど、その後にセックスをし

たからと言って、私小説を書いた意義に何も変化は生じないな、と思うことができました。僕の好きな言葉に、精神分析学者の岸田秀さんの「人間は本能が壊れた動物である」というものがあります。本能が壊れていてセックスをするにも物語を必要としてしまうところが、人間の最も人間らしく、最も愚かしい部分だと思います。そんな欲望にとことん付き合ってくれる海ちゃんに出会えたことが嬉しく、セックスを断られても書きたいと思えたから書いた私小説でした。とことん人間らしく、とことん愚かに、セックスに物語を求めること。それが、僕がずっと追い求めていたものなのだと思いました。自分の欲望に自覚的にさせてくれて、ありがとうございます。

約1年ほど、ゴールデン街で毎週のようにお酒を飲み、また、週に一度、店番として働く日々を過ごしました。大人になると、互いになんの利害関係もなくお酒を飲みながら自我をぶつけ合える人間に出会える場所は、中々ありません。大人になってからもそんな人たちと出会うことのできるゴールデン街という街に出会えたことにも、感謝です。

もしこの本を読んで少しでも面白いと思ってくれた方がいましたら、ぜひゴールデン街まで足を運んでみてください。誰もがどうしようもなく主人公になってしまう街なので、僕が描いたものとは全く違うあなたが主人公の世界が、そこには拡がっていると思います。

初出＝集英社ノンフィクション編集部公式ウェブサイト「よみタイ」の「シン・ゴールデン街物語」（2022年9月7日、11月2日、12月7日公開分）を改題し、加筆修正を行いました。「「セックスをする理由がわからないの」とあの子は言った」のみ書き下ろしです。

山下素童（やました・しろどう）
1992年生まれ。システムエンジニアを経て、現在は無職。風俗レポを記したブログが注目され、デリヘル嬢の紹介文を統計ソフトで解析した結果をテレビ番組「タモリ倶楽部」でプレゼンし話題になる。2018年『昼休み、またピンクサロンに走り出していた』で作家デビュー。

彼女《かのじょ》が僕《ぼく》としたセックスは動画《どうが》の中《なか》と完全《かんぜん》に同《おな》じだった

二〇二三年七月三一日　第一刷発行

著　者　山下素童《やましたしろどう》
発行者　樋口尚也
発行所　株式会社　集英社
〒一〇一－八〇五〇
東京都千代田区一ツ橋二－五－一〇
電話　編集部　〇三－三二三〇－六一四三
　　　読者係　〇三－三二三〇－六〇八〇
　　　販売部　〇三－三二三〇－六三九三（書店専用）
印刷所　凸版印刷株式会社
製本所　加藤製本株式会社

ISBN978-4-08-788090-8 C0093